【 名 家 诗 歌 典 藏 】

冯至诗精选

冯至 著

长江出版传媒 长江文艺出版社

图书在版编目（CIP）数据

冯至诗精选 / 冯至著. --武汉:长江文艺出版社, 2022.4
（名家诗歌典藏）
ISBN 978-7-5702-2447-0

Ⅰ. ①冯… Ⅱ. ①冯… Ⅲ. ①诗集－中国－当代 Ⅳ. ①I227

中国版本图书馆 CIP 数据核字(2021)第 226809 号

冯至诗精选
FENG ZHI SHI JINGXUAN

责任编辑：张远林	责任校对：毛 娟
封面设计：颜森设计	责任印制：邱 莉 杨 帆

出版：长江出版传媒 长江文艺出版社
地址：武汉市雄楚大街 268 号　　邮编：430070
发行：长江文艺出版社
http://www.cjlap.com
印刷：湖北恒泰印务有限公司

开本：880 毫米×1230 毫米　1/32　　印张：6　　插页：8 页
版次：2022 年 4 月第 1 版　　2022 年 4 月第 1 次印刷
行数：4416 行

定价：35.00 元

版权所有，盗版必究（举报电话：027—87679308　87679310）
（图书出现印装问题，本社负责调换）

目 录

第一辑 昨日之歌

绿衣人 002
不能容忍了 003
瞽者的暗示 004
秋千架上 005
春的歌 006
我是一条小河 007
在郊原 009
蛇 011
风夜 012
"最后之歌" 014
吹箫人的故事 018
帷幔 028
蚕马 037
寺门之前 045

第二辑 北游及其他

055 希望
056 饥兽
058 北游
084 黄昏
088 思量
090 花之朝
091 月下欢歌
094 暮春的花园
097 听——

第三辑 十四行集

100 十四行二十七首
128 歧路
130 我们的时代

第四辑 译诗选

136 里尔克诗
156 歌德诗选
170 海涅诗选
177 尼采诗选

第 一 辑

昨日之歌

绿衣人①

一个绿衣邮夫,

低着头儿走路,

也有时看看路旁。

他的面貌很平常,

大半安于他的生活,

不带着一点悲伤。

谁也不注意他

日日的来来往往。

但是在这疮痍满目的时代,

他手里拿着多少不幸的消息?

当他正在敲人家的门时,

谁又留神或想,

"这家人可怕的时候到了!"

1921

---

① 原载1923年5月《创造》季刊第2卷第1号。初收《昨日之歌》,编入《冯至诗选》时,做了较大改动,后曾收入《冯至选集》。此据《冯至选集》编入。

不能容忍了①

我不能容忍了,
我把我的胸怀剖开,
取出血红的心儿,
捧着它到了人丛处。

有的含着讥诮走远了,
有的含着畏惧走远了;
只剩下我一个人,
我只得也缓缓地走去。

到了十几处,
十几处都是如此。
抱着心儿暂时休息着,
人们又在那边聚集着。

1923

---

① 原载1923年5月《创造》季刊第2卷第1号,为组诗《归乡》之一首。初收《昨日之歌》,后曾编入《冯至诗选》《冯至选集》。此据《冯至选集》编入。

瞽者的暗示[1]

黄昏以后了,
我在这深深的
深深的巷子里,
寻找我的遗失。

来了一个瞽者,
弹着哀怨的三弦,
向没有尽头的
暗森森的巷中走去。

1923

---

[1] 初收《昨日之歌》,后曾编入《冯至诗选》和《冯至选集》。此据《冯至选集》编入。

秋千架上[1]

我躺在嫩绿的浅草上，
望着你荡起秋千；
春愁随着你荡来荡去，
尽化作淡淡的青烟。

我的姑娘，你看那落日，
它又在暮霭里消沉——
只剩下红云几抹，
冷清清，四顾无人！

---

[1] 原载1924年4月15日《文艺周刊》第29期。初收《昨日之歌》，略做改动。此据《昨日之歌》编入。

春的歌[①]

丁香花，你是什么时候开放的？
莫非是我前日为了她
为她哭泣的时候？

海棠的花蕾，你是什么时候生长的？
莫非是我为了她的憧影，
敛去了愁容的时候？

燕子，你是什么时候来到的？
莫非是我昨夜相思，
相思正浓的时候？

丁香、海棠、燕子，我还是想啊，
想为她唱些"春的歌"，
无奈已是暮春的时候。

1924

[①] 初收《昨日之歌》，后曾编入《冯至选集》。此据《冯至选集》编入。

我是一条小河[1]

我是一条小河
我无心从你身边流过,
你无心把你彩霞般的影儿
投入了河水的柔波。

我流过一座森林,
柔波便荡荡地
把那些碧绿的叶影儿
裁剪成你的衣裳。

我流过一片花丛,
柔波便粼粼地
把那些彩色的花影儿
编织成你的花冠。

---

[1] 初收《昨日之歌》,后曾编入《冯至诗文选集》《冯至诗集》《冯至选集》。此据《冯至选集》编入。

最后我终于
流入无情的大海,
海上的风又厉,浪又狂,
吹折了花冠,击碎了衣裳!

我也随着海潮漂漾,
漂漾到无边的地方;
你那彩霞般的影儿
也和幻散了的彩霞一样!

1925

在郊原[1]

续了又断的
是我的琴弦,
我放下又拾起
是你的眉盼。
我一人游荡在郊原,
把恋情比作了夕阳奄奄。

它是那红色的夕阳,
运命啊淡似青山,
青山被夕阳烘化了
在茫茫的暮色里边。

我愿彷徨在空虚内,
化作了风丝和雨丝:
雨丝缀在花之间,

---

[1] 原载1925年12月12日《沉钟》周刊第9期。初收《昨日之歌》,后曾编入《冯至选集》。此据《冯至选集》编入。

风丝挂在树之巅，
你应该是个采撷人，
花叶都编成你的花篮。

花篮里装载着
风雨的深情——
更丝丝缕缕的
是可怜的生命。

我一人游荡在郊原
把运命比作了青山淡淡。
续了又断的
是我的琴弦，
我放下又拾起
是你的眉盼。

1925

蛇[1]

我的寂寞是一条蛇,
静静地没有言语。
你万一梦到它时,
千万啊,不要悚惧!

它是我忠诚的侣伴,
心里害着热烈的乡思:
它想那茂密的草原——
你头上的、浓郁的乌丝。

它月影一般轻轻地
从你那儿轻轻走过;
它把你的梦境衔了来
像一只绯红的花朵。

1926

---

[1] 初收《昨日之歌》。编入《冯至诗文选集》时略做改动,后曾编入《冯至诗选》《冯至选集》。此据《冯至选集》编入。

风　夜[①]

"也是这样的风夜，
也是这样的秋天，
我把生命酿成美酒，
频频地送到你的唇边，
一盏，两盏，三盏……"

我屈指殷殷地暗算，
恰恰地满了一年，
我沉埋在这座昏黄的城里，
像海上被了难漂散的船板，
一片，两片，三片……

我今宵静息在秋星下，
如船板漂聚到海湾，
它们再也挡不起海上的汹涛，
我也怕望那风中的星焰，

[①] 原载 1926 年 11 月 10 日《沉钟》半月刊第 7 期，署名冯君培。初收《昨日之歌》，后曾编入《冯至诗选》《冯至选集》。此据《冯至选集》编入。

一闪,两闪,三闪……

1926

"最后之歌"[①]

记起母亲临终的祷告,
　　是一曲最后的"生命之歌",
那正是暮春的一晚,
另样的光辉漾着她的病脸;
　　蜡烛在台上花花地爆,
　　仿佛是宇宙啊,没有明朝——
她把那时的情调深深地交给我,
　　还有我衣上的她的手泽!

箱子里贮藏着儿时的衣裳,
　　心内隐埋着她最后的面庞;
偶然把灰尘里的箱子打开,
那当时的情味也涌上心来。
　　蜡烛在台上花花地爆,
　　仿佛是宇宙啊,没有明朝——

[①] 原载1926年8月25日《沉钟》半月刊第2期。初收《昨日之歌》。此据《昨日之歌》编入。

可是中间又度了许多的年月，
　　此刻啊，一个清新的秋夜！

这时我充满了"最后"的情怀，
　　秋天的雨冷，冬夜的风悲！
镜中的我的面庞，
却没有另样的光辉；
　　蜡烛在台上花花地爆，
　　仿佛是宇宙啊，没有明朝——
这时我像是上帝的罪人
　　临刑时也听不见圣灵的呼叫！

记起母亲临终的祷告，
　　是一曲最后的"生命之歌"。
我却凄凄地无依无靠，
只瞥见天边的一缕"柔波"——
　　母亲把她的歌声，
　　真切地留在儿子的心中；
柔波却是空幻地，荡漾地，
　　"来也无影，去也无踪！"

许多的现象不可捉摸，

却引起许多的灵魂追逐!
沙漠的幻影累死了骆驼,
些微的火焰烧死了灯蛾:
　　神呀,我可曾向你真挚,
　　　像母亲一般地信仰你?
神呀,我今宵向你祷告,
　　只请你给我一些,一些面上的光耀!

静默中神也没有答语,
　　我怔怔地是一人踽踽;
母亲望着她的幼儿,
我望着那柔波一缕。
　　蜡烛在台上花花地爆,
　　　仿佛是宇宙啊,没有明朝——
我把那无可奈何的希望,
　　尽放在那缕柔波上!

它却像林中的鹿麇,
　　水底的游鱼,
霎时间奔入苍茫的云海,
像一颗流星的永劫!
　　蜡烛在台上花花地爆,

仿佛是宇宙啊。没有明朝——
阴暗渲染了我的面貌,
　　望着永逝的柔波向神祷告!

在母亲祈祷的床边,
　　牧师曾朗诵着古哲的诗篇。
他说母亲是一朵洁白的
洁白的花朵,开在上帝的花园。
　　在我寂寞的桌旁,
　　现出来一个聪慧的姑娘——
"起来吧!骑着骆驼,赶着灯蛾,
　　去追逐残余的那缕柔波!"

吹箫人的故事[1]

我唱这段故事,
请大家不要悲伤,
因为这里只唱到
一个团圆的收场。

1

在古代西方的高山,
有一座洞宇森森;
一个健壮的青年
在洞中居隐。

不知是何年何月
他独自登上山腰;
身穿着一件布衣,

---

[1] 原载1925年2月25日《浅草》季刊第1卷第4期,初收《昨日之歌》,略做删改,改题为《吹箫人》。编入《冯至诗选》时,又做了改动,并改回原题《吹箫人的故事》。后曾编入《冯至选集》。此据《冯至选集》编入。

还带着一枝洞箫。

他望那深深的山谷,
也不知望了多少天,
更辨不清春夏秋冬,
四季的果子常新鲜。

四围好像在睡眠,
他忘却山外的人间。
有时也登上最高峰,
只望见云幕重重。

三十天才有一次,
若是那新月弯弯;
若是那松间翕萃,
把芬芳的冷调轻弹;

若是那夜深静悄,
小溪的细语低低;
若是那树枝风寂,
鸟儿的梦境迷离;

他的心境平和，
他的情怀恬淡，
他吹他的洞箫，
不带一些哀怨。

一夜他已有几分睡意，
浓云将洞口封闭，
他心中忐忑不安，
这境界他不曾经验。

如水的月光，
尽被浓云遮住，
他辗转枕席，
总是不能入睡。

他顺手拿起洞箫，
无心地慢慢吹起，
为什么今夜的调儿，
含着另样的情绪？

一样的小溪细语，
一样的松间翕萃，

为什么他的眼中,
渐渐含满了清泪?

谁把他的心扉轻叩,
可有人与他合奏?
箫声异乎平素,
不像平素的那样质朴。

2

第二天的早晨,
他好像着了疯癫,
他吹着箫,披着布衫,
奔向喧杂的人间。

箫离不开他的唇边,
眼前飘荡着昨夜的幻像,
银灰的云里烘托着
一个吹箫的女郎。

乌发与云层深处,
不能仔细区分;

浅色的衣裙,
又仿佛微薄的浮云。

她好像是云中的仙女,
却含有人间的情绪;
他紧握着他的洞箫,
他要到人间将她寻找!

眼看着过了一年,
可是在他的箫声里
渐渐失去山里的清幽
和松间的风趣。

他走过无数的市廛,
他走过无数的村镇,
看见不少的吹箫少女,
却都不是他要寻找的人。

在古庙里的松树下,
有一座印月的池塘,
他暂时忘去他的寻求,
又感到一年前的清爽。

心境恢复平淡,
箫声也随着和缓,
可是楼上谁家女
正在蒙眬欲睡?

在这里停留了三天,
该计算明日何处去;
啊,烟气氤氲中,
一缕缕是什么声息?

楼上窗内的影儿,
是一个窈窕的少女,
她对谁抒发幽思,
诉说她的衷曲?

他仿佛又看到
一年前云中的幻像,
他哪能自主,
洞箫不往唇边轻放?

月光把他俩的箫声
溶在无边的夜色之中;

深闺与深山的情意
乱纷纷织在一起。

3

流浪无归的青年
哪能娶豪门的娇女？
任凭妈妈怎样慈爱，
严厉的爹爹也难允许。

他俩日夜焦思，
为他俩的愿望努力，
夜夜吹箫的时节，
魂灵儿早合在一起。

今夜为何听不见
楼上的箫声？
他望那座楼窗，
也不见孤悄的人影。

父母才有些活意，
无奈她又病不能起；

药饵俱都无效,
更没有气力吹箫。

梦里洞箫向他说,
"我能医治人间的重病;
因为在我的腔子里,
蕴藏着你的精灵。"

他醒来没有迟疑,
把洞箫劈作两半,
煮成一碗药汤,
送到那病人的床畔。

父母感谢他的厚意,
允许了他们的愿望。
明月依旧团圆,
照着并肩的人儿一双。

啊,月下的人儿一双,
箫已有一枝消亡。
人虽是正在欣欢,
她的洞箫却不胜孤单。

他吹她的洞箫，
总是不能如意；
他思念起他自己的，
感到难言的悲戚。

"假如我的洞箫还在，
天堂的门一定大开，
无数仙女为我们
掷花舞蹈齐来。"

他深切的伤悲，
怎能够向她说明；
后来终于积成了
难于医治的重病。

她最后把她的箫，
也当作惟一的灵药——
完成了她的爱情，
拯救了他的生命。

尾　声

我不能继续歌唱

名家诗歌典藏

他们的生活后来怎样。
但愿他们得到一对新箫,
把箫声吹得更为嘹亮。

1923

帏 幔[①]
——一个民间的故事

你们望着那葱茏的山腰,
绿树里掩映着一带红墙,
不要以为那里只有幽闲,
没有人间的痛苦隐藏。

是西方的、太行的余脉,
有两座高山遥遥峙立;
一个是僧院,一个是尼庵,
两座山腰里抱着两个庙宇。

二百年前,尼庵里一个少尼
绣下了一张珍奇的帏幔;
每当乡人进香的春节,
却在对面的僧院里展览。

[①] 原载 1925 年 11 月 28 日《沉钟》周刊第 7 期,题为《绣帏幔的少尼》。初收《昨日之歌》,改题为《帏幔》;编入《冯至诗文选集》时做了一些删改,后曾编入《冯至诗选》《冯至选集》。此据《冯至选集》编入。

这又错综、又离奇的原由,
出自农人们单纯的谈话里,
说那少尼在十七岁的时节,
就跪在菩萨龛前,把头发剃去。

她到底是为了什么?
她并不是为了饥寒;
也不是为了多病,
在佛前许下了什么夙愿。

她只是在一个月夜里,
暗暗地离掉了她的家园,
她深深隐藏着她的痛苦,
又被莺鸟儿说出她的幽怨。

她不知走过了多少迷途,
走得月儿圆圆地落在西方;
在雀鸟声中,她走到这座庵前,
庵前有一潭水,微微荡漾。

她在水里望着她的面影,

她下了最后的决心,
她毅然走入尼庵中,
情愿在尼庵里消灭她的青春。

老尼含着笑意向她说,
"你既然发愿,我也不能阻挡你,
从此一切的妄念都要除掉,
这不能比寻常的儿戏!

"虽说你觉得苦海无边,
到底是谁把你这个年轻人唤醒?
纵使你在我的面前不肯说,
在佛前忏悔时也要说明!"

"我的师,并没有人把我唤醒,
我只是无意中听见了一句:
将来同我共运命的那个人,
是一个又丑陋、又愚蠢的男子。

"无奈婚约早被父母写成,
婚筵也正由亲友筹划;
他们嬉嬉笑笑忘了我的时候,

我背了他们,来到这座山下。

"我的师,这都是真实的话,
我相信你同信菩萨一样;
我情愿消灭了一切执念,
冰一般凝冻我的心肠!"

泪珠儿随着清脆的语声,
一滴滴、一声声,湿遍了衣襟。
老尼说,"你若削去烦恼丝,
泪珠儿也要随着烦恼消尽!"

春风才吹绿了山腰,
秋雨又浇病了檐前的弱柳;
人世间不知有了多少变迁,
尼庵总是没有新鲜,没有陈旧。

过了一天,恰便似过了一年,
眼看就是一年了,回头又好像一天。
水面上早已结了寒冰,
荒凉和寂寞也来自远远的山巅。

正午的阳光,初春般的温暖,
净洁的白鸽儿在空中飞翔;
远远来了一对青年兄妹,
不知是来游览呢,还是来进香?

她看着那个青年的眉端,
蕴藏着难言的深情一缕;
活泼的妹子悄悄地在她身边,
述说起她的哥哥的身世。

"美丽的少姑啊,我告诉你,
聪明的你,你说他冤不冤?
只因为一个未婚妻遗弃了他,
他便抱定了永久不婚的志愿。"

她出乎意外,听了这样的话,
字字声声都变成千针万棘;
她想,这个遗弃了他的未婚妻,
会不会就是她自己?

她昏昏地独坐在门前,
落日沉沉,北风凄冷,

她目送着一对兄妹下了山,
一直看到没有一些儿踪影。

寒鸦呀呀地栖在枯枝,
眼前只剩下黄昏一片,
热泪溶解了潭里的寒冰,
暮钟的声音,她仿佛没有听见。

随后她在病中向老尼
说出来她的不应该有的心情;
老尼的心肠虽然冷若冰霜,
也不由得对她有几分同情。

她叫她静静地修养,
在庵后的一间小楼。
她不知病了多少时,
嫩绿的林中又听见了鹧鸪。

山巅的积雪被暖风融化,
金甲的虫儿在春光里飞翔;
她的头儿总是低沉着,
漫说升天成佛,早都无望。

只希望将来有那么一天,
被葬入三尺的孤坟。
因为只要是世上所有的,
她都没有了一些儿福分。

炉烟缕缕地催人睡眠,
春风薰薰地吹入窗阁;
一个牧童吹着嘹亮的笛声,
赶着羊儿,从她的楼下走过。

笛声越远,越显得悠扬,
两朵红云浮上苍白的面庞;
她取出一张红色的绸幔,
端详了许久,又放在身旁。

第二日的阳光笛声里,
还掺杂着使人兴奋的歌唱;
她的心里涌出来一朵白莲,
她就把它绣在帷幔的中央。

此后日日的笛声里,
总有一种新鲜的曲调。

她也就按着心意用彩色的线，
水里绣了比目鱼，天上是相思鸟！

她时时刻刻地没有停息，
把帷幔绣成了极乐的世界：
树叶相遮，溪声相应，
只剩下了左方的一角。

她本来还想把她的悲哀，
也绣在那空角的上面；
无奈白露又变成严霜，
深夜里又来了嗷嗷的孤雁。

梧桐的叶儿依依地落，
枫树的叶儿凄凄地红，
风翕翕，雨疏疏，她开了窗儿，
等候着那个吹笛的牧童。

"这是我半年来绣成的帷幔，
多谢你的笛声给了我许多幻想！
我是一个久病无望的少尼，
这帷幔上绣着我对人间的愿望。

"可是我们永远隔离着
在两个不同的世界里——"
她把这包帷幔抛下去,
匆匆地又把窗儿关闭。

次日的天空布满了浓云,
宇宙都病了三分,更七分愁苦:
一个牧童剃度在对方的僧院,
尼庵内焚化了这年少的尼姑。

现在已经二百多年了,
帷幔还珍重地藏在僧院里。
只是那左方的一角,
至今没有人能够补起。

1924

蚕　马[①]

1

溪旁开遍了红花，
天边染上了春霞，
我的心里燃起火焰，
我悄悄地走到她的窗前。
我说，姑娘啊，蚕儿正在初眠，
你的情怀可曾觉得疲倦？
只要你听着我的歌声落了泪，
就不必打开窗门问我，"你是谁？"

在那时，年代真荒远，
路上少行车，水上不见船，
在那荒远的岁月里，

[①] 初收《昨日之歌》。编入《冯至诗文选集》时，略做修改；后曾编入《冯至诗选》《冯至选集》。此据《冯至选集》编入。

有多少苍凉的情感。
是一个可怜的少女,
没有母亲,父亲又远离,
临行的时候嘱咐她,
"好好耕种着这几亩田地!"

旁边一匹白色的骏马,
父亲眼望着女儿,手指着它,
"它会驯良地帮助你犁地,
它是你忠实的伴侣。"
女儿不懂得什么是别离,
不知父亲往天涯,还是海际。
依旧是风风雨雨,
可是田园呀,一天比一天荒寂。

"父亲呀,你几时才能够回来?
别离真像是汪洋的大海;
马,你可能渡我到海的那边,
去寻找父亲的笑脸?"
她望着眼前的衰花枯叶,
轻抚着骏马的鬣毛,

  "如果有一个亲爱的青年,

他必定肯为我到处去寻找!"
她的心里这样想,
天边浮着将落的太阳,
好像有一个含笑的青年,
在她的面前荡漾。
忽然一声响亮的嘶鸣,
把她的痴梦惊醒;
骏马已经投入远远的平芜,
同时也消逝了她面前的幻影。

2

温暖的柳絮成团,
彩色的蝴蝶翩翩,
我心里正燃烧着火焰,
我悄悄地走到她的窗前。
我说,姑娘啊,蚕儿正在三眠,
你的情怀可曾觉得疲倦?
只要你听着我的歌声落了泪,
就不必打开窗门问我,"你是谁?"

荆棘生遍了她的田园,

烦闷占据了她的日夜，
　　在她那寂静的窗前，
　　只叫着喳喳的麻雀。
　　一天又靠着窗儿发呆，
　　路上远远地起了尘埃；
　　（她早已不做这个梦了，
　　这个梦早已在她的梦外。）

现在啊，远远地起了尘埃，
骏马找到了父亲归来；
父亲骑在骏马的背上，
马的嘶鸣变成和谐的歌唱。
父亲吻着女儿的鬓边，
女儿拂着父亲的征尘；
马却跪在她的身边，
止不住全身的汗水淋淋。

父亲像宁静的大海，
她正如莹晶的皎月，
月投入海的深怀，
净化了这烦闷的世界。
只是马跪在她的床边，

整夜地涕泗涟涟,
目光好像明灯两盏,
　　"姑娘啊,我为你走遍了天边!"

　　她拍着马头向它说,
　　"快快地去到田里犁地!
你不要这样癫痴,
提防着父亲要杀掉了你。"
它一些儿鲜草也不咽,
半瓢儿清水也不饮,
不是向着她的面庞长叹,
就是昏昏地在她的身边睡寝。

3

黄色的蘼芜已经凋残,
到处飞翔黑衣的海燕,
我的心里还燃着余焰,
我悄悄地走到她的窗前。
我说,姑娘啊,蚕儿正在织茧,
你的情怀可曾觉得疲倦?
只要你听着我的歌声落了泪,

就不必打开窗门问我,"你是谁?"

空空旷旷的黑夜里,
窗外是狂风暴雨;
壁上悬挂着一张马皮,
这是她惟一的伴侣。
"亲爱的父亲,你今夜
又流浪在哪里?
你把这匹骏马杀掉了,
我又是凄凉,又是恐惧!

"亲爱的父亲,
电光闪,雷声响,
你丢下了你的女儿,
又是恐惧,又是凄凉。"
"亲爱的姑娘,
你不要凄凉,不要恐惧!
我愿生生世世保护你,
保护你的身体!"

马皮里发出沉重的语声,
她的心儿怦怦,发儿悚悚;

电光射透了她的全身，
　　马皮又随着雷声闪动。
　　随着风声哀诉，
　　伴着雨滴悲啼，
　　　"我生生世世地保护你，
　　　只要你好好地睡去！"

　　一瞬间是个青年的幻影，
　　一瞬间是那骏马的狂奔；
　　在大地将要崩溃的一瞬，
　　马皮紧紧裹住了她的全身！
姑娘啊，我的歌儿还没有唱完，
可是我的琴弦已断；
我惴惴地坐在你的窗前，
要唱完最后的一段：
　　一霎时风雨都停住，
　　皓月收束了雷和电；
　　马皮裹住了她的身体，
　　月光中变成了雪白的蚕茧。

1925

[附注]

传说有蚕女,父为人掠去,惟所乘马在。母曰:"有得父还者,以女嫁焉。"马闻言,绝绊而去。数日,父乘马归。母告之故,父不可。马咆哮,父杀之,曝皮于庭。皮忽卷女而去,栖于桑,女化为蚕。

——见干宝《搜神记》

寺门之前[1]

暮色染上了赭红的寺门,
翠柳上的金光还不曾褪尽,
街上的浮荡着轻软的灰尘,
寺门前憩坐着三五行人——
有的是千里外的过客,
有的是左近的村邻,
他们会面的时候都生疏,
霎时间便成为知己,十分亲近。

他们诉说着海外的珍闻,
同着三十年前的争战;
一任行囊委弃,在路旁,
只领略着烟味浓,茶水淡——
在他们语言交错的中间,
一个年老的僧人也坐在庙前,

---

[1] 原载1926年8月11日《沉钟》半月刊第1期,初收《昨日之歌》。此据《昨日之歌》编入。

看他那余晖反映的双眼，
可含着什么非常的经验？

一个人说他幼时在海滨，
海上还没有火轮——
燕子邀请着他们的灵魂，
游历那奇险的乌云，
白鸥也时时约他们，
沉入了海水的深深；
并且听他的祖母说，
水中当真有那喷楼的海蜃。

"只是最近的五十年，
蜃楼再也不出现！"
他一边说一边感叹，
不提防，老僧走近了他们的身畔。
"我也是生长在海边，"
他那没有牙齿的唇儿微微地颤，
"我那时满想，生命有多少年，
蜃楼可以望见多少遍。

"为什么我做了行脚僧，

离开了海滨的风景？
奇彩的蜃楼在脑中，
只剩下一个深深的幻影！
我走过江南的水千道，
我走过西蜀的山万重，
但我最后来到这里，
这里的北方的古城。

"佛呀，我那时还是在少年，
用力打破了层层的难关：
为了西蜀的少妇们
曾经整夜地失过眠——"
他的态度很安然，
大家惊讶地面面相观。
"为了江南的姑娘们
曾经整年地觉着心内酸！

"佛呀，我那时还是正年少，
用力解开了结结的烦恼：
每逢走过了繁华之区，
便尽着两腿向前跑——
头昏沉，泪含饱，

沾湿了灰色的僧袍；
跑到城外的荒丘，
伸开臂将和风紧抱！

"佛呀，我那时还是在少年，
许下了许多夙愿：
负着我锋利的戒刀
天涯地角都走遍——
若遇见暴露的白骨，
便将它珍重地埋掩；
还为它的灵魂祝祷着，
祝祷着来生的安晏！

"年少真是不好过，
内心里起了无限的风波，
风波是那样的险恶，
正像是流下了龙门的黄河。"
"修行真不是件容易事，"
大家漠漠落落地说——
谁留神他皱纹的衰颊上，
缀上了泪珠三两颗！

"咳,修行真不是件容易事,
什么地方是西天?
红色的花朵眼也不准看,
绿色的叶子手也不许攀;
挨过了十载的岁月,
好容易踱到了中年,
那时内心稍平定,
才胆敢在路上流连!

"啊!一夜荡荡地是什么情景?
初秋的月亮是一座冰轮,
萤火虫儿尽在草里飞,
冷露湿遍了荒寞的乡村;
据说这座乡村,
才经过了兵抢,又是火焚,
如今只要到了傍午,
便静静地鸡犬不闻。

"在我的面前是什么,
我只一心一意思念着佛;
梦一般地浮漾着
那银光灿烂的恒河,

河上开遍了白莲花,
群神端坐莲花朵——
啊,脚下软软地是什么?
佛啊,说起来真是罪过!"

这时大家更惊吓,
他的面貌转成了狞恶,
"在我的脚下是什么?
是一条女子的尸骸半裸!
我的脚踏着她的头发,
我的全身都抖索!
月光照着她的肌肤雪一样的白,
月光照着我的眼睛泥一样的黑!

"这时由于我的直感,
不曾忘记了我的夙愿,
我在路旁的土地上,
还尽力用我的殳刀铲。
我的手无心触着了她,
我的全身血脉都打颤,
在无数的颤栗的中间,
我把她的全身慢慢都抚遍!

"这时我像是一个魔鬼,
夜深时施展着我的勤劳;
我竟敢将她抱起来,
任凭月光斜斜地将我照!
我的全身都僵凝,
她的心头却仿佛微微跳;
这时我像是挖着了奇宝,
远远的鸱枭嗷嗷地叫!

"我望着她苍白的面孔,
真是呀无限的华严;
眼光钉在她的乳峰上。
那是高高的须弥两座山!
我戏弄,在她的身边,
我呼吸,在她的身边;
全身是腥腐的气味,
夹杂着脂粉的余残。

"最后我枕在尸上边,
享受着异样的睡眠,
我像是枕着腻冷的石绵;
萤火虫儿迷离地,

我真是魔鬼一般——
我的梦不曾做了多一半,
鸡已经叫了第三遍,
是什么在身后将我追赶?"

老僧说到这里静无言,
面色凄凄惨惨地变;
大家都哑口无声,
一任着夜色来浸淹——
"咳,自从可怕的那一晚,
我再也不敢行脚在外边,
于是我在这里住下了,
一住住了三十年!

"在这默默中间的三十年,
蜃楼的幻影回来三十遍——
若是那初秋的夕阳,
淡淡的云彩似当年;
可是幻影不久便幻灭,
空剩下一轮明月在高悬,
于是我颤颤地回到方丈内,
还一似躺在女尸的身边!

"这是我日夜的功课!
我的悲哀,我的欢乐!
什么是佛法的无边?
什么是彼岸的乐国?
我不久死后焚为残灰,
里边可会有舍利两颗?
一颗是幻灭的蜃楼!
一颗是女尸的半裸!"

他说罢泣泣奄奄,
刹那间星斗满了天——
人们都忘了是行路人,
悚悚地坐在寺门前;
烟味也不浓,
茶水更清淡!
像一只褐色的蜘蛛,
吐着丝将他们一一地绊!

1926 夏

第 二 辑

北游及其他

希 望[1]

在山丘上松柏的荫中,
轻睡着一个旧的希望。
正如松柏是四季长青,
希望也不曾有过一次梦醒。
它虽是受伤的野兽一般
无力驰驱于四野的空旷,
我却愿长久地缓步山丘,
抚摸着这轻睡的旧的希望。

1927

---

[1] 原载 1929 年 1 月 14 日《新中华报·副刊》第 44 号。初收《北游及其他》,后曾编入《冯至诗选》《冯至选集》。此据《冯至选集》编入。

饥　兽[1]

我寻求着血的食物，
疯狂地在野地奔驰。
胃的饥饿、血的缺乏、眼的渴望，
使一切的景色在我的面前迷离。

我跑上了高山，
尽量地向着四方眺望；
我恨不能化作高空里的苍鹰，
因为它的视线比我的更宽更广。

我跑到了水滨，
我大声地呼叫；
水的彼岸是一片沙原，
我正好到那沙原上边奔跑。

---

[1]　原载1929年2月2日《新中华报·副刊》第58号。初收《北游及其他》，后曾编入《冯至诗文选集》《冯至诗选》和《冯至选集》。此据《冯至选集》编入。

我跑入森林里迷失了出路，
我心中是如此疑猜：
纵使找不到一件血的食物，怎么
也没有一支箭把我当做血的食物射来？

1927

北　游[①]

他逆着凛冽的夜风,上了走向那大而黑暗的都市,即人性和他们的悲痛之所在的艰难的路。

——望蔼覃《小约翰》[②]

1. 前言

歧路上彷徨着一些流民歌女,

疏疏落落地是凄冷的歌吟;

人间啊,永远是这样穷秋的景象,

[①] 在《冯至全集》中,冯至以杜甫的以下两句诗作为本辑的题记:
此身饮罢无归处
独立苍茫自咏诗
《北游》长诗原载1929年1月6—17日《华北日报·副刊》第3至12号,共十三章,署名鸟影。初收《北游及其他》,漏掉第五章《雨》,后曾编入《冯至诗文选集》《冯至诗选》。编入《冯至选集》时,又将第五章《雨》补入。此据《冯至选集》编入。

[②] 望蔼覃(Van Eeden, 1860—1932),荷兰作家、医生,其名作《小约翰》为鲁迅所译。

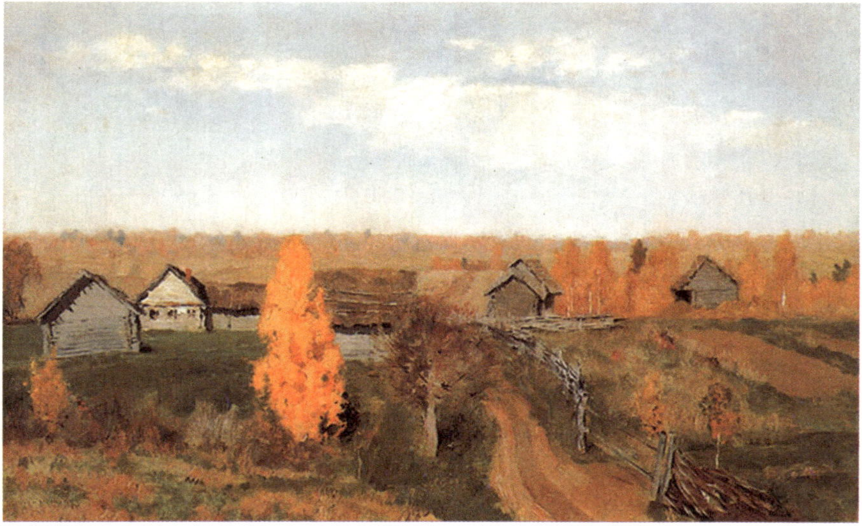

名家诗歌典藏

到处是贫乏的没有满足的声音。

我是一个远方的行客,

走入一座北方都市的中心。

窗外听不见鸟声的啼唤,

市外望不见蔚绿的树林;

天空点染着烟筒里冒出的浓雾,

街上响着车轮轧轧的噪音。

一任那冬天的雪花纷纷地落,

秋夜的雨丝洒洒地淋!

人人裹在黑色的外套里,

看他们的面色吧,阴沉,阴沉……

2. 别

我离开那八百年的古城,

离开那里的翠柏苍松,

那里黄色的琉璃瓦顶

和那红色栏杆的小亭,

我只想长久地和它们告别,

把身体委托给另外的一个世界;

我明知我这一番的结果,

是把我的青春全盘消灭。

临行时只思念着一个生疏的客人,
他曾经抱着寂寞游遍全世,
我愿意叫他一声"我的先生",
我愿听他给我讲述他的经历。
猛抬头,一条小河,水银一般,
婉婉转转地漂来了莲灯一盏,
清冷的月色使我忽然想起,
啊,今天是我忘掉了的中元。
我恨不能从我的车窗跳下,
我恨不能把莲灯捧在胸前。
月光是这样地宁静、空幻,
哪容我把来日的命运仔细盘算。
我只想把那莲灯吻了又吻,
把灯上的火焰吞了还吞,
它仿佛是谁人的派遣,
给我的生命递送几分殷勤。
终于呀,莲灯向着远方漂去,
火车载我走过了一座树林;
好像有个寂寞的面孔向我微笑,
它微笑的情调啊,阴沉,阴沉……

3. 车中

我静静地倚靠着车窗,
把过去的事草草地思量,
回头看是一片荒原,
荒原里可曾开过一朵花,涌过一次泉?
我静静地倚靠着车窗,
把将来的事草草地思量,
前面看是嵯峨的高山,
可有一条狭径让我走,一座岩石供我攀?
我在这样的情况当中,
可真是和我的过去永久分手?
再也没有高高的城楼供我沉思,
再也没有荫凉的古松伴我饮酒;
如今的荒野里只有久经风霜的老槐,
它们在嘲笑着满车里孤零的朋友。

月亮圆圆地落,
晓风阵阵地吹,
这时地球真在骎骎地转,
车轮不住促促地催。

秦皇岛让我望见了一湾海水,
山海关让我望见了一角长城;
既不能到海中央去随着海鸥飞没,
也不能在万里长城上望一望万里途程。
匆匆地来,促促地去,什么也不能把定,
匆匆地来,促促地去,匆促的人生!

我从那夏的国里,
渐渐地走入秋天,
冷雨凄凄地洒,
层云叠叠地添。
水边再也没有依依的垂柳,
四野里望不见蔚绿的苍松,
在我面前有两件东西等着我:
阴沉沉的都市,暗淡淡的寒冬!
沉默笼罩了大地,
疲倦压倒了满车的客人。
谁的心里不隐埋着无声的悲剧,
谁的面上不重叠着几缕愁纹,
谁的脑里不盘算着他的希冀,
谁的衣上不着满了征尘。
我仿佛没有悲剧,也没有希冀,

只是呆呆地对着车窗，阴沉，阴沉……

4. 哈尔滨

听那怪兽般的汽车，
在长街短道上肆意地驰跑，
瘦马拉着破烂的车，
高伸着脖子嗷嗷地呼叫。
犹太的银行、希腊的酒馆、
日本的浪人、白俄的妓院，
都聚在这不东不西的地方，
吐露出十二分的心足意满。
还有中国的市侩，
面上总是淫淫地嬉笑。
姨太太穿着异样的西装，
纸糊般的青年戴着瓜皮小帽，
太太的脚是放了还缠，
老爷的肚子是猪一样地肥饱。
在他们"幸福"的面前，
满街都洒遍了金银，
更有那全身都是毒菌的妓女，
戴着碗大的纸花摇荡在街心。

我像是游行地狱,
一步比一步深,
我不敢望那欲雨不雨的天空,
天空充满了阴沉,阴沉……

5. 雨

接连下了三宵的寒雨,
顿觉得像是深秋天气。
我寞寞地打开我的行箧,
我寞寞地捡起一件夹衣——
啊,真是隔世一般,像从古墓中
挖出来残骸余体。
这是我过去的青春吗,
上边可有我一点繁荣的痕迹?
神,请你多给我些雨一般的泪珠,
我愿把痕迹通通洗去。

昨日的春天已经到了芬芳的时刻,
满园的梨花都要开了,
今朝因为要换夹衣,
所以分外起得早。

心里充满了期待的情绪,
"夹衫乍著心情好!"
在清凉里我穿着这件夹衣,
不住地向着朝霞走去,
直到那血红的太阳涌出来,
我向着它深深地呼吸。
那时我体验了爱情,青春的爱情,
那时我体验了生命,青春的生命!
在清凉里我穿着这件夹衣,
傍着黄昏的池塘绕来绕去,
水里照映出新月一弯,
我向着它轻轻地叹息。
那时我体验了爱情,青春的爱情,
那时我体验了生命,青春的生命!
我穿着它拜访过初相识的友人,
紧握着一本写遍了命运的诗集,
凝望着天空朵朵的白云,
要把它们朵朵地揣在衣袋里。
如今衣袋里的"白云"都已无形消散,
幻想在我的面前一闪一闪地闪去……
空望着雨中的异地风光,
心中充满了怅惘的情绪。

情怀已经不似旧时,
怎当得起这旧日的衣裳,异乡的天气!
怎么几个月的隔离,
心情竟会这般差异?
仿佛是几十年的隔离,
心情竟有这般的差异!

走进来一位老实的客人——
"朋友啊,这件夹衣太短小,
我劝你再做一件。"
"我感谢你,感谢你的劝告。"
我像是荒林中的野兽
没有声息地死守荒林,
把这件夹衣当做天空的云彩,
我要披着它把旧梦追寻。
往日的遗痕,
往日的芳芬,
泪珠儿究竟不能雨一样地洗,
泪眼却是雨云一样地阴沉、阴沉……

6. 公园[①]

商店里陈列着新鲜的货品，
酒馆里沸腾着烟酒的奇香，
我仿佛在森林里迷失了路径，
"朋友呀！你可愿在这里埋葬？"

我战兢兢走入公园，
满园里刮遍了秋风，
白杨的叶子在夕阳里闪，
我立在夕阳闪烁的当中。
园外是车声马声，
园内是笑声歌声，
我尽量地看，尽量地听，
终归是模糊不定，隔了一层。
我回忆起我的童年，
和宇宙是怎样地亲爱，
我能叫月姑娘的眉儿总是那样地弯，
我能叫太阳神的车轮不要那样地快。

[①] 《华北日报·副刊》与《北游及其他》原题《在公园》，编入《冯至诗文选集》时略做删改，并改题为《公园》。

现在呀,一切都同我疏远,
无论是日升月落,夏去秋来,
黄鹂再不在我的耳边鸣啭,
昏鸦远远地为我鸣哀。

一切都模糊不定,隔了一层,
把"自然!"呼了几遍,
把"人生!"叫了几声。
我是这样地虚飘无力,
何处是我生命的途程?
我敬爱
那样的先生——
他能沉默而不死,
永远做一个无名的英雄;
但是我只能在沉默中死去,
无名而不是英雄。
我崇拜
伟大的导师——
使我们人类跌而复起,
使我们人类死而复生,
使我们不与草木同腐,
风雨后他总给我们燃起一盏明灯;

无奈我的眼光是那样薄弱,

风雨里看不出一点光明。

我羡慕

为热情死去的少女少男——

在人的心上

留了些美的忆念。

啊,我一切都不能,

我只能这样呆呆地张望,

望着市上来来往往的人们,

人人的肩上担着个天大的空虚,

此外便是一望无边的阴沉,阴沉……

7. 咖啡馆①

漫漫的长夜,

再也杀不出这黑夜的重围,

多少古哲先贤不能给我一字的指导,

他们和我可是一样地愚昧?

已经没有一点声音,

啊,窗外的雨声又在我的耳边作祟。

---

① 《华北日报·副刊》与《北游及其他》原题(Café),编入《冯至诗文选集》时略做删改,并改题为《咖啡馆》。

去,去,披上我的外衣,
不管风是怎样暴,雨是怎样狂,
哪怕是坟地上的鬼火呢,
我也要找出来一粒光芒。

街灯似乎都灭了,
满路上都是泞泥,
我的心灯就不曾燃起,
满心里也是泞泥。
路上的泞泥会有人扫除,
心上的泞泥却无法处理。

我走入一座咖啡馆,
里边炫耀着彩色的灯罩,
没有风也没有雨了,
只有小歌曲伴着简单的音乐。
我望着那白衣的侍女,
我躲避着她在没有人的一角;
她终于走到我的身边,
我终于不能不对她微笑:
"异乡的女子,我来到这里,
并不是为了酒浆,

只因我心中有铲不尽的泞泥,
我的衣袋里有多余的纸币一张。"
我望着她一副不知愁的面貌,
她把酒不住缓缓地斟,
我的心并不曾感到一点轻松,
只是越发加重了,阴沉,阴沉……

8. 中秋

中秋节的夜里,家家充满了欢喜,
到处是麻雀牌的声息,
男的呼号,女的嬉笑,
大屋小室都是恶劣的烟气;
锣鼓的喧阗震破了天,
鸡鸭的残骸扔遍了地。
官僚、买办、投机的富豪,
都是一样地忘掉了自己。
他们不知道,背后有谁宰割,
他们的运命握在谁的手里。
女人只看见男人衣袋中的金钱,
男人只知道女人衣裙里的肉体。

我也参加了一家的宴会,
一个赭色面庞的男子向我呼叫:
"朋友啊,你来自北京,
请为大家唱一出慷慨淋漓的京调!"
我无言无语地谢绝了他,
我无言无语地离开了这座宴席,
我走出那热腾腾的蒸锅,
冰冷的月光浇得我浑身战栗。
我望着明月迟迟自语,
我到底要往哪里走去?

松花江上停泊着几只小艇,
松花江北的北边,该是什么景象?
向北望,是西伯利亚大陆,
风雪的故乡!
那里的人是怎样地在风雪里奋斗,
为了全人类做那勇敢的实验;
这里的人把猪圈当做乐园,
让他们和他们的子孙同归腐烂!

正如一人游泳在大海里,
一任那波浪的浮沉,

我坐在一只小艇上，
它把我载到了江心。
我像是一个溺在水里的儿童，
心知这一番再也不能望见母亲，
随波逐流地，意识还不曾消去，
还能隐隐地望见岸上的乡村：
在那浓绿的林中，
曾经期待过美妙的花精，
在那泥红的墙下，
曾经听过寺院里的钟声。
一扇扇地闪在他幼稚的面前，
他知道前面只是死了，没有生。
我只想就这样地在江心沉下，
像那天边不知名的一个流星；
把过去的事想了又想，
把心脉的跳动听了还听——
一切的情，一切的爱，
都像风吹江水，来去无踪。

生和死，是同样地秘密，
一个秘密的环把它们套在一起，
我在这秘密的环中，

解也解不开,跑也跑不出去。
我望着月光化做轻烟,
我信口唱出一些不成腔调的小曲,
这些小曲我不知从何处学来,
也不知要往哪儿唱去!

我望着宁静的江水,拊胸自问:
我生命的火焰可曾有几次烧焚?
在几次的烧焚里,
可曾有一次烧遍了全身?
二十年中可有过真正的欢欣?
可经过一次深沉的苦闷?
可曾有一刻把人生认定,
认定了一个方针?
可真正地读过一本书?
可真正地望过一次日月星辰?
欺骗自己,我可曾真正地认识
自己是怎样的一个人?
我全身的血管已经十分紊乱,
我脑里的神经也是充满纠纷;
低着头望那静默的江水,
江水是那样阴沉,阴沉……

9. 礼拜堂

我徘徊在礼拜堂前,
上帝早已失却了他的庄严。
夕阳里的钟声只有哀婉,
仿佛说,"我的荣华早已消散。"
钟声啊,你应该回忆,
回忆几百年前的情景:
那时谁听见你的声音不动了他的心,
谁听见你的声音不深深地反省:
老年人听见你的声音想到过去,
少年人听着你的声音想到他事业的前程,
慈母抱着幼儿听见你的声音,
便画着十字,"上帝呀,保祐我们!"
还有那飘流的游子,
寻求圣迹的僧人,
全凭你安慰他们,
安慰他们的孤寂、他们的黄昏。
如今,他们已经寻到了另一个真理,
这个真理并不是你所服务的上帝。
你既不能增长他们的悲哀,

也不能助长他们的欢喜；

他们要把你熔化，

铸成一把锄头，

去到田间耕地。

你躲在这无人过问的、世界的一角，

发出来这无人过问的、可怜的声息！

我徘徊在礼拜堂前，

巍巍的建筑好像化做了一片荒原。

乞丐拉着破提琴，

向来往的行人乞怜。

忽然喉咙颤动了，

伴着琴声，颤颤地歌唱。

凋零的朋友呵，我有什么勇气，

把你的命运想一想：

你也许曾经是人间的骄子，

时代的潮流把你淘成这样；

你也许是久经战场的健儿，

一旦负了重伤；

你也许为过爱情烦恼；

你也许为过真理发狂……

一串串的疑问在我的心里想，

一串串的疑问在你的唇边唱。
一团团命运的哑谜，
想也想不透，唱也唱不完……
　…………
　…………

啊，这真是一个病的地方，
到处都是病的声音——
天上哪里有彩霞飘扬，
只有灰色的云雾，阴沉，阴沉……

10. 秋已经……

秋已经像是中年的妇人，
为了生产而憔悴，
一带寒江有如她的玉腕，
一心要挽住落日的余晖。
东方远远地似雾非烟，
遮盖了她的愁容，遮没了她的双肩，
她可一心一意地梦想，
梦想她少年的春天？
她终于挽不住西方的落日，
却挽住了我的爱怜，

爱怜里没有温暖的情味,

无非是彼此都感到了衰残。

但是秋啊,你也曾经开过花,

你也曾经结过果,

我的花儿可曾开过一朵,

我的果子可曾结过一个?

从此我夜夜叹息,

伴着那雨声淋淋……

从此我朝朝落泪,

望着那落叶纷纷……

从此我在我的诗册上,

写遍了阴沉,阴沉……

11. "Pompeii"①

夜夜的梦境像是无底的深渊,

深沉着许许多多的罪恶;

朝朝又要从那深渊里醒来,

窗外的启明星摇摇欲落!

---

① 意大利古城,在维苏威山下,公元 79 年,维苏威火山爆发,全城湮没,18 世纪才又被发掘出来。这里是一个酒馆的名字。——作者注

一次我在梦的深渊里,
走入了 Pompeii 的故墟,
摸索着它荣华的遗迹,
仿佛也看见了那里的卖花女子;
淡红的夕阳奄奄,
伴着我短叹长嘘。
这次的醒来,夜还不曾过半,
我听那远远的街心,
乞儿的琴弦还没有拉断。

我怀念着古代的 Pompeii 城,
坐在一家叫做 Pompeii 的酒馆里,
酒正在一杯一杯地倒,
女人们披着长发,唱着歌曲:
"喝酒吧!跳舞吧!
只有今宵,事事都由我们做主。
把灯罩染得血一样地红,
把烛光燃得鬼一样地绿!
明天呀,各人回到各人的归宿,
这里自然会成了一座坟墓。"
听这沉郁的歌声,
分明是世界末日的哀音,

一团团烟气缭绕,

可是火山又要崩焚?

崩焚吧,快快崩焚吧!

这里的罪恶比当年的 Pompeii 还深:

这里有人在计算他的妻子,

这里有人在欺骗他的爱人,

这里的人,眼前只有金银,

这里的人,身上只有毒菌,

在这里,女儿诅咒她的慈母,

老人在陷害他的儿孙;

这里找不到一点真实的东西,

只有纸做的花,胭脂染红的嘴唇。

这里不能望见一粒星辰,

这里不能发现一点天真。

我也要了一杯辛辣的酒,

一杯杯浇灭我的灵魂;

我既不为善,更不做恶,

忏悔的泪珠已不能滴上我的衣襟。

看这些男女都拥在一起,

在这宇宙间最后的黄昏。

快快地毁灭,像是当年的 Pompeii,

最该毁灭的,是这里的这些游魂!

明天，一切化成灰烬，

日月也没有光彩，阴沉，阴沉……

12. 追悼会

不知不觉地，树叶都已落尽，

日月的循环，在我已经不生疑问；

我只把自己关在房中，空对着

《死室回忆》作者的相片发闷。

忽然初冬的雪落了一尺多深，

似乎接到了一封远方的音信，

它从沉睡中把我唤醒，

使我觉得我的血液还在循环，

我的生命也仿佛还不曾凋尽。

松花江的两岸已经是一片苍茫，

分明是早晨的雪，却又像是夜月的光，

我望不见岸北的楼台，

也望不清江上的桥梁，

空望着这还未结冰的江水，

"这到底是什么地方？"

"你不知道吗，

你可是当真忘记?
这里已经埋葬了你一切的梦幻,
在那回中秋的夜里。
你看这滚滚不息的江水,
早已把它们带入了海水的涛浪。
望后你要怎么样,
你要仔细地思量;
不要总是呆呆地望着远方,
不要只是呆呆地望着远方空想!"
啊,今天的宇宙,谁不是白衣白帽,
天空是那样地严肃,
雪在回环地舞蹈。
原来它们为了我
做一番痛切的追悼!

这里埋葬了我的梦幻,
我再也不愿在这里长久逡巡;
在这样的追悼会里,
空气是这样地阴沉,阴沉……

13. 尾声①

此后我的屋窗便结了冰霜,
我的心窗也透不进一点新的空气,
我像是一条冬天的虫,
一动不动地入了冬蛰。
"朋友啊,你这一月像老了一年。"
"老并不怕,我只怕这样长久地睡死。"
此后的积雪便铺满了长街,
日光也没有一点融解的热力,
我像是那街上的积雪,
一任命运的脚步踩来踩去。
"朋友啊,你这一月像老了一年。"
"老并不怕,我只怕这样长久地睡死。"
我不能这样长久地睡死,
这里不能长久埋葬着我的青春,
我要打开这阴暗的坟墓,
我不能长此忍受着这里的阴沉。

1928 年 1 月 1 日　三时

---

① 《华北日报·副刊》与《北游及其他》原题《"雪五尺"》,编入《冯至诗文选集》时做了较大改动,并改题为《尾声》。

黄　昏[①]

我不知我从什么地方走来，
在这黄昏里的路上彷徨。
心内也没有热情的歌声，
脑里只有些寂静的思量。
在这古旧的城中的人们，
脸上都显出十足的人生的经验。
阴云低低地压着我的眉头，
灰尘深深地浸没我的脚面。

最殷勤的是那些顽皮的车夫，
总是这样问我："先生，要车不要？"
我心内只能够暗暗地回答——
"我要去的地方你并不能拉到！"
于是我的怀中充满了凄怆——
我要去的到底是什么所在？

[①] 原载 1929 年 4 月 1 日《华北日报·副刊》第 50 号。初收《北游及其他》。此据《北游及其他》编入。

是不是那丰饶的人生的花园，
但那花园却永久地把我关在门外！

我走过一座书店的门前，
书店的主人和蔼地向我招呼：
"请你看这书架上是怎样地辉煌，
有孔子，有释迦，还有耶稣；
只要你化去少数的银钱，
便不难买到你一生走不尽的途程。"
我想，人间当真有这样平稳的事体，
为什么人人的灵魂还是不得安宁？

烟卷公司里也走出一个聪明的少年——
"黄昏的行人，请你买一支香烟！
古代的人同着美人接吻，
近代的人拿香烟当做晚餐。"
我说："谢谢你，我并不吝惜：
我只怕在很短的时间内把它吸完——
一半化做青烟，一半变成灰烬，
令我想到了我生命的最后的一天。"

"快快地进来吧，路上的人们！"

一位老人守着他那陈年的老酒——
"只要你们肯深深地饮上几杯,
管保你们今宵有了归宿!"
如果归宿是那样地容易寻求,
我早已不在这儿流着彷徨的眼泪;
如果用酒才能够不醒,
那么没有酒我也能够沉醉。

最后的一人挑着一担鲜花——
"年轻的人,你可思念着一个女子?
请你买吧,买我的鲜花一朵,——
数着花瓣儿去测量她的心意:
'她爱我?''她不爱我?''她最爱我!'……
看看哪一句是那最后的一瓣:
那么你就用不着长此迟疑,
你将来的运命也就不难推算。"

我用如梦的眼光望着他,
我痴痴地买了他那瓣儿最多的一朵。
我的心内仿佛又起了波澜,
脑里也失却了那些冷静的思索。
我擎着花儿鹄立在街旁,

这推算运命的游戏我却不敢开始,
我生怕数到最后一瓣的时节,
那丰饶的花园依然是紧紧地关闭。

思　量[1]

人间总被思量误
　　——王国维

有人曾告诉我一句箴言：
事事呀都不要匆忙；
果子总会有成熟的那天，
早熟绝不是好的现象！

我自从见了她的面，
她便捉去了我一切的思量——
每分钟我的心房跳动多少遍，
总离不开：
我为她应该怎样，怎样，怎样……？

---

[1] 原载1929年3月20日《华北日报·副刊》第45号。初收《北游及其他》。此据《北游及其他》编入。

我思量，心里种上了种子；
我思量，种子发出来嫩芽；
我思量，嫩芽长成了树木；
我思量，树木开遍了红花；
我思量，红花结成了绿果；
在这样思量中度过去那又盲又哑的年华。

等到啊，我把这思量出来的果子放在口里尝一尝，
却只是说不出的幻梦一场！

看吧，在我所能走到的世界里，
她早已没有了一些儿踪迹……

花之朝[1]

谁说那欢乐的日子是容易消逝,
就是这寂寞的岁月也何尝为我稍停——
一旦我将要在一个黑暗的地方长住,
朋友,请替我写上,这样的几句碑铭:

"他也曾在花开的早晨寂寂地狂欢,
他也曾在花落的早晨寞寞地长叹;
花却永久无恙地开落在人间,
在他的怀中并不曾带走了一瓣。"

---

[1] 原载1929年4月29日《华北日报·副刊》第62号。初收《北游及其他》,此据《北游及其他》编入。

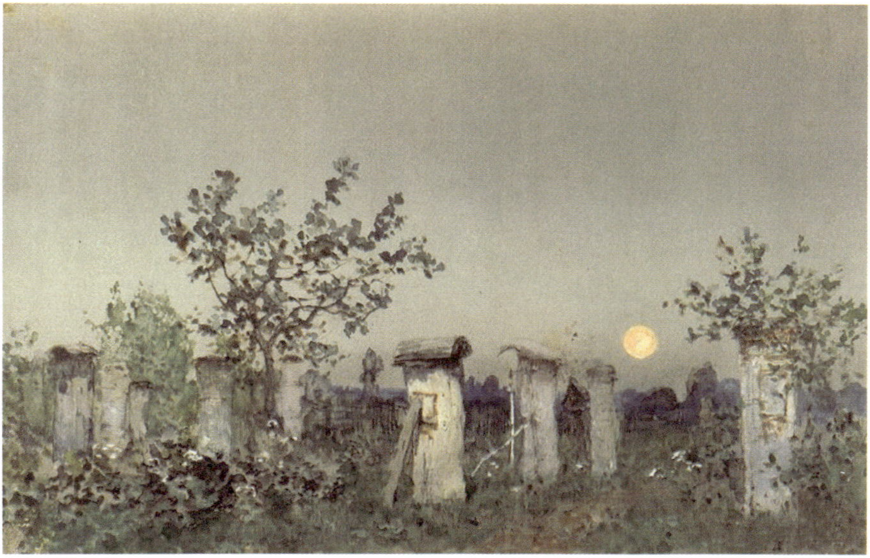

名家诗歌典藏

月下欢歌[1]

不要诉苦了,欢乐吧,
圆月高高地悬在天空。
充满了无边的希望
在这无边的月色当中。
　"无边的月色,
　　请你接受吧,
　　　我的感谢!"

我显示在她的面前的,
既不是白发老人,也不是婴孩,
是和她同时代的青年,
担负着同时代的欢乐和悲哀。
　"我们的时代,
　　请你接受吧,

---

[1] 原载1929年1月31日《华北日报·副刊》第24号,题为《月下的欢歌》。初收《北游及其他》,改题为《月下欢歌》。编入《冯至诗文选集》时,又改题为《我的感谢》,并做了一些删改;编入《冯至诗选》时又改题为《月下欢歌》,后又编入《冯至选集》。此据《冯至选集》编入。

我的感谢！"

她不是热带的棕色的少女，
也不是西方的金发的姑娘：
黄色的肌肤、黑色的眼珠，
我们在同一的民族里生长。
　"我们的民族，
　　请你接受吧，
　　　我的感谢！"

我从母亲的口里学会了朴素的语言，
又从许多人的口里学会了怎样谈话，
我大声唱出我的诗歌，
把美好的声音在一块儿溶化。
　"祖国的语言，
　　请你接受吧，
　　　我的感谢！"

温暖的阳光把我培养，
我的枝叶向着天空伸长，
我愿在风雨里开放花朵，
在冰雪中忍受苦创。

"温带的气候,
　　　请你接受吧,
　　　　我的感谢!"

我的灵魂是琴弦似地跳动,
我的脚步是江水般地奔跑。
我向着一切招手,
我向着一切呼叫:
　　"宇宙的一切,
　　　请你们接受吧,
　　　　我的感谢!"

1929

暮春的花园[①]

1

你愿意吗,我们一道
走进那座花园?
在那儿只剩下了
黄色的蘼芜没有凋残。

从杏花开到了芍药,
从桃花落到了牡丹:
它们享着阳光的照耀,
受着风雨的摧残。
那时我却悄悄地在房里
望着窗外的天气,
暗自为它们担尽了悲欢:

[①] 原载1929年5月6日《华北日报·副刊》第65号,共四首。初收《北游及其他》,删去每首诗的序号。编入《冯至诗选》时恢复序号,略做修改,并删去第四首诗,后曾编入《冯至选集》。此据《冯至选集》编入。

如今它们的繁荣都已消逝,
我们可能攀着残了的花枝
谈一谈我那寂寞的春天?

2

你愿意吗,我们一道
走进那座花园?
在那儿有曲径一条,
石子铺得是那样平坦。

我愿拾些彩色的石子
在你轻倩的身边;
我曾做过这样的游戏,
当我伴着母亲走到田间。

那时我的天空是那样晴朗,
白云流水都引起我的奇想;
从她死后,却只有黯淡的云烟。

如今的云烟又仿佛消散,

但童年的一切都已不见；
广大的宇宙中，你在我的面前。

3

你愿意吗，我们一道
走进那座花园？
我也不必穿着外套，
你也不必戴着花环。

让春风吹进我们的胸脯，
荡荡地拂着我们的心田，
在心田上我们静静地等候
Amor 跑到这里来游玩。

我想，在你温暖的怀里
比一切的花园都要美丽；
我的，却是沙漠一样地枯干。

我愿多多地落些泪珠，
来浸润我的心田，像是雨露
准备着一条彩虹显在天边。

听——[1]

我的心里演奏着什么音乐，
我自己也不能说明。
也许是深秋的小河同落叶
低吟着一段旧日的深情，
也许是雷雨的天气
狂叫着风雨和雷霆：
你喜欢的是怎样的声息，
只要看你是怎样地一听！

如果你是一片淡淡的情绪，
它哀诉的声音便充满了凄清——
它说旧日也散布过爱的种子，
可是希望的嫩叶都已凋零……
如果你紧紧地向我的心房挨近，
像一轮烈日在地上熏蒸，

---

[1] 原载 1929 年 3 月 8 日《华北日报·副刊》第 41 号。初收《北游及其他》，后曾编入《冯至诗文选集》《冯至诗选》和《冯至选集》。此据《冯至选集》编入。

那么，风雨雷霆你便不难听见，
听出来一片新鲜的宇宙的呼声。

1928

第 三 辑

十四行集

十四行二十七首

1. 我们准备着①

我们准备着深深地领受
那些意想不到的奇迹，
在漫长的岁月里忽然有
彗星的出现，狂风乍起。

我们的生命在这一瞬间，
仿佛在第一次的拥抱里
过去的悲欢忽然在眼前
凝结成屹然不动的形体。
我们赞颂那些小昆虫，
它们经过了一次交媾
或是抵御了一次危险，

---

① 初收《十四行集》，原诗只有序号无标题；后重刊于1946年8月15日《文艺时代》第1卷第3期，总题为《十四行十一首》。编入《冯至诗选》时加上此标题，后曾编入《冯至选集》。此据《冯至选集》编入。

便结束它们美妙的一生。
我们整个的生命在承受
狂风乍起,彗星的出现。

2. 什么能从我们身上脱落[①]

什么能从我们身上脱落,
我们都让它化做尘埃:
我们安排我们在这时代
像秋日的树木,一棵棵

把树叶和些过迟的花朵
都交给秋风,好舒开树身
伸入严冬;我们安排我们
在自然里,像蜕化的蝉蛾

把残壳都丢在泥里土里;
我们把我们安排给那个
未来的死亡,像一段歌曲,

[①] 初收《十四行集》,原诗只有序号无标题;后重刊于1946年8月15日《文艺时代》第1卷第3期,总题为《十四行十一首》。编入《冯至诗选》时加上此标题,后曾编入《冯至选集》。此据《冯至选集》编入。

歌声从音乐的身上脱落，
归终剩下了音乐的身躯
化做一脉的青山默默。

3. 有加利树①

你秋风里萧萧的玉树——
是一片音乐在我耳旁
筑起一座严肃的庙堂，
让我小心翼翼地走入；

又是插入晴空的高塔
在我的面前高高耸起，
有如一个圣者的身体，
升华了全城市的喧哗。

你无时不脱你的躯壳，
凋零里只看着你生长；
在阡陌纵横的田野上

---

① 初收《十四行集》，原诗只有序号无标题；后重刊于1946年8月15日《文艺时代》第1卷第3期，总题为《十四行十一首》。编入《冯至诗选》时加上此标题，后曾编入《冯至选集》。此据《冯至选集》编入。

我把你看成我的引导：
祝你永生，我愿一步步
化身为你根下的泥土。

4. 鼠曲草①

我常常想到人的一生，
便不由得要向你祈祷。
你一丛白茸茸的小草
不曾辜负了一个名称；

但你躲避着一切名称，
过一个渺小的生活，
不辜负高贵和洁白，
默默地成就你的死生。

一切的形容、一切喧嚣
到你身边，有的就凋落，

---

① 初收《十四行集》，原诗只有序号无标题；后重刊于1946年8月15日《文艺时代》第1卷第3期，总题为《十四行十一首》。编入《冯至诗选》时加上此标题，后曾编入《冯至选集》。此据《冯至选集》编入。作者有题注："鼠曲草在欧洲几种不同的语言里都称为Edelweiss，源于德语，可译为贵白草。"

有的化成了你的静默。

这是你伟大的骄傲
却在你的否定里完成。
我向你祈祷，为了人生。

5. 威尼斯[①]

我永远不会忘记
西方的那座水城，
它是个人世的象征，
千百个寂寞的集体。

一个寂寞是一座岛，
一座座都结成朋友。
当你向我拉一拉手，
便像一座水上的桥；

当你向我笑一笑，
便像是对面岛上

[①] 初收《十四行集》，原诗只有序号无标题；后重刊于1946年8月15日《文艺时代》第1卷第3期，总题为《十四行十一首》。编入《冯至诗选》时加上此标题，后曾编入《冯至选集》。此据《冯至选集》编入。

忽然开了一扇楼窗。

只担心夜深静悄，
楼上的窗儿关闭，
桥上也断了人迹。

6. 原野的哭声①

我时常看见在原野里
一个村童，或一个农妇
向着无语的晴空啼哭，
是为了一个惩罚，可是

为了一个玩具的毁弃？
是为了丈夫的死亡，
可是为了儿子的病创？
啼哭得那样没有停息，

像整个的生命都嵌在
一个框子里，在框子外

---

① 初收《十四行集》，原诗只有序号无标题；后重刊于 1946 年 8 月 15 日《文艺时代》第 1 卷第 3 期，总题为《十四行十一首》。编入《冯至诗选》时加上此标题，后曾编入《冯至选集》。此据《冯至选集》编入。

没有人生,也没有世界。

我觉得他们好像从古来
就一任眼泪不住地流
为了一个绝望的宇宙。

7. 我们来到郊外①

和暖的阳光内
我们来到郊外。
像不同的河水
融成一片大海。

有同样的警醒
在我们的心头,
是同样的运命
在我们的肩头。

---

① 原载1941年6月16日《文艺月刊》战时特刊第11年6月号,题为《郊外》,为组诗《十四行诗》第二首。初收《十四行集》,做些改动并删去诗题,只标序号;后重刊于1946年8月15日《文艺时代》第1卷第3期,总题为《十四行十一首》。编入《冯至诗选》时又做些改动,并加上此标题,后曾编入《冯至选集》。此据《冯至选集》编入。作者有题注:"敌机空袭警报时,昆明的市民都躲到郊外。"

要爱惜这个警醒，
要爱惜这个运命，
不要到危险过去，

那些分歧的街衢
又把我们吸回，
海水分成河水。

8. 一个旧日的梦想①

是一个旧日的梦想，
眼前的人世太纷杂，
想依附着鹏鸟飞翔
去和宁静的星辰谈话。

千年的梦像个老人
期待着最好的儿孙——
如今有人飞向星辰，
却忘不了人世的纷纭。

---

① 原载1941年6月16日《文艺月刊》战时特刊第11年6月号，题为《旧梦》，为组诗《十四行诗》第一首。初收《十四行集》，删去诗题，只标序号；后重刊于1946年8月15日《文艺时代》第1卷第3期，总题为《十四行十一首》。编入《冯至诗选》时加上此标题，后曾编入《冯至选集》。此据《冯至选集》编入。

他们常常为了学习

怎样运行，怎样降落，

好把星秩序排在人间，

便光一般投身空际。

如今那旧梦却化做

远水荒山的陨石一片。

9. 给一个战士①

你长年在生死的边缘生长，

一旦你回到这堕落的城中，

听着这市上的愚蠢的歌唱，

你会像是一个古代的英雄

在千百年后他忽然回来，

从些变质的堕落的子孙

寻不出一些盛年的姿态，

他会出乎意料，感到眩昏。

---

① 初收《十四行集》，原诗只有序号无标题；后重刊于 1946 年 8 月 15 日《文艺时代》第 1 卷第 3 期，总题为《十四行十一首》。编入《冯至诗选》时加上此标题，后曾编入《冯至选集》。此据《冯至选集》编入。

你在战场上，像不朽的英雄
在另一个世界永向苍穹，
归终成为一只断线的纸鸢：

但是这个命运你不要埋怨，
你超越了他们，他们已不能
维系住你的向上，你的旷远。

10. 蔡元培[①]

你的姓名常常排列在
许多的名姓里边，并没有
什么两样，但是你却永久
暗自保持住自己的光彩；

[①] 初收《十四行集》，原诗只有序号无标题；后重刊于1946年8月15日《文艺时代》第1卷第3期，总题为《十四行十一首》。《十四行集》1949年1月版此诗略做改动。编入《冯至诗选》时加上此标题，后曾编入《冯至选集》。此据《冯至选集》编入。作者有题注："写于1941年3月5日，这天是蔡元培逝世一周年纪念日。"另：作者在《十四行集》1949年1月版附注："写于3月5日，这天是蔡元培先生逝世周年纪念日。末四行用里尔克（Rilke）在欧战期内于1917年1月19日与某夫人论罗丹（Rodin）及凡尔哈仑（verhaeren）逝世信中语意。信里这样说：'如果这可怕的烟雾（战争）消散了，他们再也不在人间，并且不能帮助那些将要整顿和扶植这个世界的人们。'"蔡元培（1868—1940），现代文化名人。

109

我们只在黎明和黄昏

认识了你是长庚，是启明，

到夜半你和一般的星星

也没有区分：多少青年人

从你宁静的启示里得到

正当的死生。如今你死了，

我们深深感到，你已不能

参加人类的将来的工作——

如果这个世界能够复活，

歪扭的事能够重新调整。

11. 鲁迅①

在许多年前的一个黄昏

你为几个青年感到一觉②；

你不知经验过多少幻灭，

但是那一觉却永不消沉。

---

① 初收《十四行集》，原诗只有序号无标题；后重刊于1946年8月15日《文艺时代》第1卷第3期，总题为《十四行十一首》。编入《冯至诗选》时加上此标题，后曾编入《冯至选集》。此据《冯至选集》编入。

② 鲁迅《野草》中最后一篇是《一觉》。——作者注

我永远怀着感谢的深情
望着你，为了我们的时代：
它被些愚蠢的人们毁坏，
可是它的维护人却一生

被摒弃在这个世界以外——
你有几回望出一线光明，
转过头来又有乌云遮盖。

你走完了你艰苦的行程，
艰苦中只有路旁的小草
曾经引出你希望的微笑。

12. 杜甫[①]

你在荒村里忍受饥肠，
你常常想到死填沟壑，
你却不断地唱着哀歌

[①] 原载1941年6月16日《文艺月刊》战时特刊第11年6月号，题为《杜甫》，为组诗《十四行诗》第三首。初收《十四行集》，删去诗题，只标序号。编入《冯至诗选》时又加上此标题，后曾编入《冯至选集》。此据《冯至选集》编入。

为了人间壮美的沦亡：

战场上健儿的死伤，
天边有明星的陨落，
万匹马随着浮云消没
你一生是他们的祭享。

你的贫穷在闪烁发光
像一件圣者的烂衣裳，
就是一丝一缕在人间

也有无穷的神的力量。
一切冠盖在它的光前
只照出来可怜的形象。

13. 歌德①

你生长在平凡的市民的家庭，
你为过许多平凡的事物感叹，

---

① 原载 1941 年 6 月 16 日《文艺月刊》战时特刊第 11 年 6 月号，题为《歌德》，为组诗《十四行诗》第四首。初收《十四行集》，删去诗题，只标序号。编入《冯至诗选》时略做改动，并又加上此标题，后曾编入《冯至选集》。此据《冯至选集》编入。

你却写出许多不平凡的诗篇;
你八十年的岁月是那样平静,

好像宇宙在那儿寂寞地运行,
但是不曾有一分一秒的停息,
随时随处都演化出新的生机,
不管风风雨雨,或是日朗天晴。

从沉重的病中换来新的健康,
从绝望的爱里换来新的营养,
你知道飞蛾为什么投向火焰,

蛇为什么脱去旧皮才能生长;
万物都在享用你的那句名言,
它道破一切生的意义:"死和变。"

14. 画家梵诃①

你的热情到处燃起火,
你燃着了向日的黄花,

---

① 初收《十四行集》,原诗只有序号无标题。编入《冯至诗选》时做了较大改动,并加上此标题,后曾编入《冯至集》。此据《冯至选集》编入。初刊原诗附录于后。梵诃(1853—1890),荷兰画家,后期印象派代表,今译凡高。

燃着了浓郁的扁柏,
燃着了行人在烈日下——

他们都是那样热烘烘
向着高处呼吁的火焰;
但是背阴处几点花红,
监狱里的一个小院,

几个贫穷的人低着头
在贫穷的房里剥土豆,
却像是永不消溶的冰块。

这中间你画了吊桥,
画了轻盈的船:你可要
把些不幸者迎接过来?

15. 看这一队队的驮马[①]

看这一队队的驮马
驮来了远方的货物,

---

① 初收《十四行集》,原诗只有序号无标题。编入《冯至诗选》时略做改动,并加上此标题,后又略做改动,编入《冯至选集》。此据《冯至选集》编入。

水也会冲来一些泥沙
从些不知名的远处,

风从千万里外也会
掠来些他乡的叹息:
我们走过无数的山水,
随时占有,随时又放弃,

仿佛鸟飞翔在空中,
它随时都管领太空,
随时都感到一无所有。

什么是我们的实在?
我们从远方把什么带来?
从面前又把什么带走?

16. 我们站立在高高的山巅[1]

我们站立在高高的山巅
化身为一望无边的远景,

---

[1] 初收《十四行集》,原诗只有序号无标题。编入《冯至诗选》时加上此标题,后曾编入《冯至选集》。此据《冯至选集》编入。

化成面前的广漠的平原，
化成平原上交错的蹊径。

哪条路、哪道水，没有关联，
哪阵风、哪片云，没有呼应：
我们走过的城市、山川，
都化成了我们的生命。

我们的生长、我们的忧愁
是某某山坡的一棵松树，
是某某城上的一片浓雾；

我们随着风吹，随着水流，
化成平原上交错的蹊径，
化成蹊径上行人的生命。

17. 原野的小路[①]

你说，你最爱看这原野里
一条条充满生命的小路，

[①] 初收《十四行集》，原诗只有序号无标题。编入《冯至诗选》时加上此标题，后曾编入《冯至选集》。此据《冯至选集》编入。

是多少无名行人的步履
踏出来这些活泼的道路。

在我们心灵的原野里
也有几条婉转的小路，
但曾经在路上走过的
行人多半已不知去处：

寂寞的儿童、白发的夫妇，
还有些年纪轻轻的男女，
还有死去的朋友，他们都

给我们踏出来这些道路；
我们纪念着他们的步履
不要荒芜了这几条小路。

18. 我们有时度过一个亲密的夜①

我们有时度过一个亲密的夜
在一间生疏的房里，它白昼时

---

① 初收《十四行集》，原诗只有序号无标题。编入《冯至诗选》时加上此标题，后曾编入《冯至选集》。此据《冯至选集》编入。

是什么模样,我们都无从认识,
更不必说它的过去未来。原野——

一望无边地在我们窗外展开,
我们只依稀地记得在黄昏时
来的道路,便算是对它的认识,
明天走后,我们也不再回来。

闭上眼吧!让那些亲密的夜
和生疏的地方织在我们心里:
我们的生命像那窗外的原野,

我们在朦胧的原野上认出来
一棵树、一闪湖光、它一望无际
藏着忘却的过去、隐约的将来。

19. 别离①

我们招一招手,随着别离

---

① 原载 1941 年 6 月 16 日《文艺月刊》战时特刊第 11 年 6 月号,题为《别》,为组诗《十四行诗》第六首。初收《十四行集》,略做改动,并删去诗题,只标序号。编入《冯至诗选》时又加上此标题,后曾编入《冯至选集》。此据《冯至选集》编入。

我们的世界便分成两个,
身边感到冷,眼前忽然辽阔,
像刚刚降生的两个婴儿。

啊,一次别离,一次降生,
我们担负着工作的辛苦,
把冷的变成暖,生的变成熟,
各自把个人的世界耘耕,

为了再见,好像初次相逢,
怀着感谢的情怀想过去,
像初晤面时忽然感到前生。

一生里有几回春几回冬,
我们只感受时序的轮替,
感受不到人间规定的年龄。

20. 有多少面容,有多少语声[①]

有多少面容,有多少语声

[①] 原载1941年6月16日《文艺月刊》战时特刊第11年6月号,题为《梦》,为组诗《十四行诗》第五首。初收《十四行集》,做了一些改动,并删去诗题,只标序号。编入《冯至诗选》时又加上此标题,后曾编入《冯至选集》。此据《冯至选集》编入。

在我们梦里是这般真切,
不管是亲密的还是陌生:
是我自己的生命的分裂,

可是融合了许多的生命,
在融合后开了花,结了果?
谁能把自己的生命把定
对着这茫茫如水的夜色,

谁能让他的语声和面容
只在些亲密的梦里萦回?
我们不知已经有多少回

被映在一个辽远的天空,
给船夫或沙漠里的行人
添了些新鲜的梦的养分。

21. 我们听着狂风里的暴雨[①]

我们听着狂风里的暴雨,

[①] 初收《十四行集》,原诗只有序号无标题。编入《冯至诗选》时加上此标题,后曾编入《冯至选集》。此据《冯至选集》编入。

我们在灯光下这样孤单,
我们在这小小的茅屋里
就是和我们用具的中间

也有了千里万里的距离:
铜炉在向往深山的矿苗,
瓷壶在向往江边的陶泥,
它们都像风雨中的飞鸟

各自东西。我们紧紧抱住,
好像自身也都不能自主。
狂风把一切都吹入高空,

暴雨把一切又淋入泥土,
只剩下这点微弱的灯红
在证实我们生命的暂住。

22. 深夜又是深山①

深夜又是深山,

---

① 初收《十四行集》,原诗只有序号无标题。编入《冯至诗选》时略做改动,并加上此标题,后曾编入《冯至选集》。此据《冯至选集》编入。

听着夜雨沉沉。
十里外的山村、
念里外的市廛，

它们可还存在？
十年前的山川、
念年前的梦幻，
都在雨里沉埋。

四围这样狭窄，
好像回到母胎；
我在深夜祈求

用迫切的声音：
"给我狭窄的心
一个大的宇宙！"

23. 几只初生的小狗①

接连落了半月的雨，

---

① 初收《十四行集》，原诗只有序号无标题。编入《冯至诗选》时略做改动，并加上此标题，后曾编入《冯至选集》。此据《冯至选集》编入。

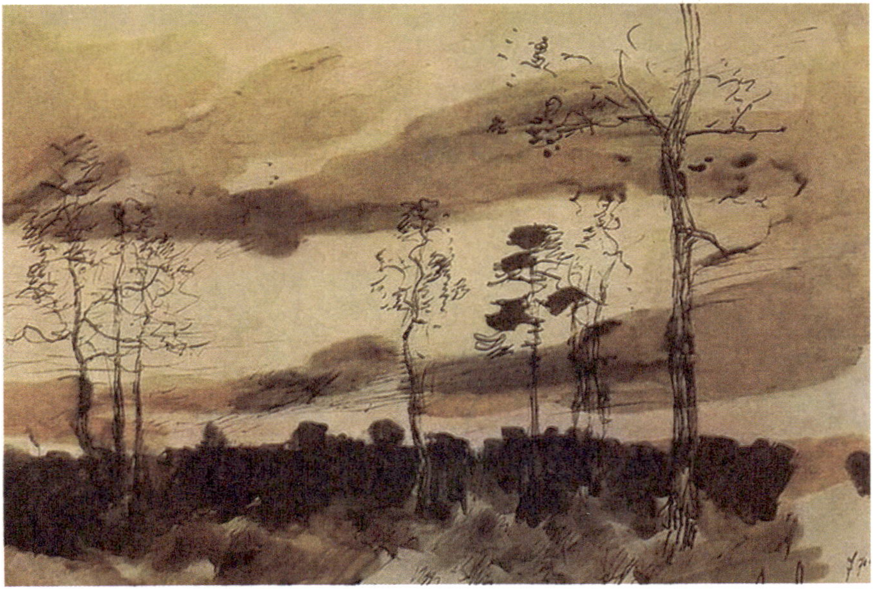

名 家 诗 歌 典 藏

你们自从降生以来，
就只知道潮湿阴郁。
一天雨云忽然散开，

太阳光照满了墙壁，
我看见你们的母亲
把你们衔到阳光里，
让你们用你们全身

第一次领受光和暖，
日落了，又衔你们回去。
你们不会有记忆，

但是这一次的经验
会融入将来的吠声，
你们在深夜吠出光明。

24. 这里几千年前①

这里几千年前

---

① 初收《十四行集》，原诗只有序号无标题。编入《冯至诗选》时加上此标题，后曾编入《冯至选集》。此据《冯至选集》编入。

处处好像已经
有我们的生命；
我们未降生前

一个歌声已经
从变幻的天空，
从绿草和青松
唱我们的运命。

我们忧患重重，
这里怎么竟会
听到这样歌声？

看那小的飞虫，
在它的飞翔内
时时都是新生。

25. 案头摆设着用具①

案头摆设着用具，

---

① 初收《十四行集》，原诗只有序号无标题。编入《冯至诗选》时加上此标题，后曾编入《冯至选集》。此据《冯至选集》编入。

架上陈列着书籍,
终日在些静物里
我们不住地思虑。

言语里没有歌声,
举动里没有舞蹈,
空空问窗外飞鸟
为什么振翼凌空。

只有睡着的身体,
夜静时起了韵律;
空气在身内游戏,

海盐在血里游戏——
睡梦里好像听得到
天和海向我们呼叫。

26. 我们天天走着一条小路[①]

我们天天走着一条熟路

[①] 初收《十四行集》,原诗只有序号无标题。编入《冯至诗选》时加上此标题,后曾编入《冯至选集》。此据《冯至选集》编入。

回到我们居住的地方;
但是在这林里面还隐藏
许多小路,又深邃、又生疏。

走一条生的,便有些心慌,
怕越走越远,走入迷途,
但不知不觉从树疏处
忽然望见我们住的地方,

像座新的岛屿呈在天边。
我们的身边有多少事物
向我们要求新的发现:

不要觉得一切都已熟悉,
到死时抚摸自己的发肤
生了疑问:这是谁的身体?

27. 从一片泛滥无形的水里[①]

从一片泛滥无形的水里,

[①] 初收《十四行集》,原诗只有序号无标题。编入《冯至诗选》时加上此标题,后曾编入《冯至选集》。此据《冯至选集》编入。

取水人取来椭圆的一瓶，
这点水就得到一个定形；
看，在秋风里飘扬的风旗，

它把住些把不住的事体，
让远方的光、远方的黑夜
和些远方的草木的荣谢，
还有个奔向远方的心意，

都保留一些在这面旗上。
我们空空听过一夜风声，
空看了一天的草黄叶红，

向何处安排我们的思想？
但愿这些诗像一面风旗
把住一些把不住的事体。

歧　路[1]

它们一条条地在面前
伸出去，同时在准备着
承受我们的脚步；
但我们不是流水，
只能先是犹疑着，
随后又是勇敢地
走上了一条，把些
其余的都丢在身后——
看那高高的树木，
曾经有多少嫩绿的
枝条，被风雨，被斤斧
折断了，如今都早已
不知去处。
　　　　　朋友们，
我们越是向前走，

---

[1] 初收《十四行集》1949 年 1 月版，后曾编入《冯至诗选》《冯至选集》。此据《冯至选集》编入。

我们便有更多的
不得不割舍的道路。
当我们感到不可能,
把那些折断的枝条
聚起来,堆聚成一座
望得见的坟墓,
     我们
全生命无处不感到
永久的割裂的痛苦。

1943

我们的时代[1]

将来许多城都变了形体，
许多河流也改了河道，
人人为了自己的事物匆忙，
早已忘记了我们；万一
想到我们，便异口同音地
说一声："那个艰苦的时代。"
这无异遮盖起我们种种的
愁苦和忧患，只给我们
披上一件圣洁的衣裳。
我们从将来的人们的口里
领来了这件衣裳，也正如
古人从我们口里领去了——
我们现在不是还常常
提起吗，从前有过一个
洪水的时代。

---

[1] 原载1944年1月1日《中央日报》元旦增刊文学专页，题为《时代的诗》。初收《十四行集》，1949年1月版，改题为《我们的时代》；后曾编入《冯至诗选》《冯至选集》。此据《冯至选集》编入。

　　　　一个海边的
热闹的市镇，在前几天
还挤满了人，市集散后
满街上还撒遍了鱼鳞。
但现在忽然这样寂静了，
街上遇不见一个行人，
家家的房屋都空空锁起，
好像是刚刚发掘出来的
一座古城。"是一个结束，
是一个开始，"正这样想时，
对面出现了一队兵士，
他们把这个市镇接过来，
像一个盛得满满的水盆，
像一块散开便收不起来的
水银，他们无时不在准备
抵御敌人的最初的来袭。
一样的面容，一样的姿态，
化成一个身体。如今六年了，
那市镇化成无数的市镇，
无论我想到地球上哪一块
地方，便感到那市镇的寂静，
同时在我面前也走来了

那一队兵士。
　　　　　一座偏僻的
小城，承受了从未有过的
繁荣，从大都市里来的
人们给它带来了鼓舞，
也带来了惊慌和恐怖。
在一个熙熙攘攘的清晨，
欢欣正浮在人人的面上，
忽然在天空响起沉重的
机声，等到人们感到时，
四五个死者已经横卧
在街心，他们一样的面容，
一样的姿态，化成一个身体。
惊慌和恐怖从一切隐秘的
角落里涌出，立即湮没了
这座城市，繁荣也随着
商店里陈列的物品收敛。
六年了，这小城化成无数的
小城，只要我想到地球上
任何一个城市，我就仿佛
看见在它的街头横卧着
那几个死者。

　　　　　如今六年了，
我们经验了重重的忧患、
无限的愁苦，还有一些人
表露出从来不曾有过的
丑恶的面目，让我们的心
这样狭窄；但我们一想到
那一队兵士，那几个死者，
他们便圣水似地冲洗着
我们的心，让我们感到
无边的旷远。
　　　　　在这一次的
洪水里我们宁肯沉沦，
却不愿意羡慕有些个
坐在方舟里的人，我们
不愿让什么阻住了我们的
视线，不要让什么营养着
我们的抱怨。有多少生命、
多少前代的遗产，它们都
像树叶一般，秋风来了
便凋落，并没有一声叹息。
我们珍惜这圣洁的衣裳，
将来有一天，把它脱下来

折好，像一个兵士那样，
正直地经过许多战阵，
最后把他的军衣脱下，
这时内心里感到了饥饿——
向着眼前的休息，向着
过去的艰苦，向着远远的
崇高的山峰。
　　　　我们到那时
将要拥抱着我们的朋友说：
"我们曾经共同分担了
一个共同的人类的命运。"
我们也将要共同欢迎着
千百万战士健壮的归来，
共同埋葬几千万死者，
我们却不愿意听见几个
坐在方舟里的人们在说：
"我们延续了人类的文明。"

1943

第 四 辑

译诗选

里尔克诗

秋　日[①]

主啊,是时候了。夏日曾经很盛大。
把你的阴影落在日晷上,
让秋风刮过田野。

让最后的果实长得丰满,
再给它们两天南方的气候,
迫使它们成熟,
把最后的甘甜酿入浓酒。

谁这时没有房屋,就不必建筑,

[①] 此诗及以下九首诗,据上海文艺出版社1980年10月版《外国现代派作品选》第1册(上)编入。其中《豹》《Pietà》《一个妇女的命运》《啊,朋友们,这并不是新鲜……》《奥尔弗斯》《啊,诗人,你说,你做什么……》六首曾在1936年12月《新诗》第1卷第3期"里尔克逝世十周年特辑"中发表,后收入《冯至全集》第9卷,在编入本书时已将《奥尔弗斯》及《纵使这世界转变……》两首移入《致奥尔弗斯的十四行诗》(选译)中。——编者注

谁这时孤独，就永远孤独，
就醒着，读着，写着长信，
在林荫道上来回
不安地游荡，当着落叶纷飞。

1902，巴黎

豹——在巴黎植物园①

它的目光被那走不完的铁栏
缠得这般疲倦，什么也不能收留。
它好像只有千条的铁栏杆，
千条的铁栏后便没有宇宙。

强韧的脚步迈着柔软的步容，
步容在这极小的圈中旋转，
仿佛力之舞围绕着一个中心，
在中心一个伟大的意志昏眩。

只有时眼帘无声地撩起——

---

① 此诗发表于 1932 年 11 月《沉钟》半月刊第 15 期，收进《外国现代派作品选》时译文做了修改，后收入《冯至全集》第 9 卷。——编者注

于是有一幅图像浸入，

通过四肢紧张的静寂——

在心中化为乌有。

1903，巴黎

Pietà[①]

耶稣，我又看见你的双足，

当年一个青年的双足，

我战兢兢脱下鞋来洗濯；

它们在我的头发里迷惑，

像荆棘丛中一只白色的野兽。

我看见你从未爱过的肢体

头一次在这爱情的夜里。

我们从来还不曾躺在一起，

现在只是被人惊奇，监视。

[①] 在西方雕刻绘画中表现耶稣死后他的母亲马利亚对耶稣悲痛的情景，叫做 Pietà（意大利语，有悲悯、虔诚的含义）。这类的作品有时除马利亚和已死的耶稣外，还有其他的人，其中最常见的是马利亚·马格达雷娜（中文《新约》译为"抹大拉的马利亚"）。这首诗写的是马利亚·马格达雷娜对耶稣的热爱。

可是看啊,你的手都已撕裂——
爱人,不是我咬的,不是我。
你心房洞开,人们能够走入:
这本应该只是我的入口。

现在你疲倦了,你疲倦的嘴
无意于吻我苦痛的嘴——
啊,耶稣,何曾有过我们的时辰?
我二人放射着异彩沉沦。

1906,巴黎

一个妇女的命运

像是国王在猎场上拿起来
一个酒杯,任何一个酒杯倾饮,——
又像是随后那酒杯的主人
把它放开,收藏,好似它并不存在:

命运也焦渴,也许有时拿动
一个女人在它的口边喝,
随即一个渺小的生活,

怕损坏了她,再也不使用,

放她在小心翼翼的玻璃橱,
在橱内有它许多的珍贵
(或是那些算是珍贵的事物。)

她生疏地在那里像被人借去
简直变成了衰老,盲聩,
再也不珍贵,也永不稀奇。

1906,巴黎

爱的歌曲

我怎么能制止我的灵魂,让它
不向你的灵魂接触?我怎能让它
越过你向着其他的事物?
啊,我多么愿意把它安放
在阴暗的任何一个遗忘处,
在一个生疏的寂静的地方,
那里不再波动,如果你的深心波动。
可是一切啊,凡是触动你的和我的,

好像拉琴弓把我们拉在一起,
从两根弦里发出"一个"声响。
我们被拉在什么样的乐器上?
什么样的琴手把我们握在手里?
啊,甜美的歌曲。

1907,卡卜里①

总是一再地……

总是一再地,虽然我们认识爱的风景,
认识教堂小墓场刻着它哀悼的名姓,
还有山谷尽头沉默可怕的峡谷;
我们总是一再地两个人走出去
走到古老的树下,我们总是一再地
仰对着天空,卧在花丛里。

1914

---

① 卡卜里(Capri),意大利旅游胜地,今译卡普里。

啊,诗人,你说,你做什么……

啊,诗人,你说,你做什么?——我赞美。
但是那死亡和奇诡
你怎样担当,怎样承受?——我赞美。
但是那无名的、失名的事物,
诗人,你到底怎样呼唤?——我赞美。
你何处得的权利,在每样衣冠内,
在每个面具下都是真实?——我赞美。
怎么狂暴和寂静都像风雷
与星光似的认识你?——因为我赞美。

1921,米索①

啊,朋友们,这并不是新鲜……

啊,朋友们,这并不是新鲜,
机械排挤掉我们的手腕。
你们不要让过度迷惑,

---

① 米索(Château de Muzot),瑞士谢尔(sierre)附近的城堡,亦译慕佐古堡。

赞美"新"的人，不久便沉默。
因为全宇宙比一根电缆、
一座高楼，更是新颖无限。
看哪，星辰都是一团旧火，
但是更新的火却在消没。
不要相信，那最长的传递线
已经转动着来日的轮旋。
因为永劫同着永劫交谈。

真正发生的，多于我们的经验。
将来会捉取最辽远的事体
和我们内心的严肃融在一起。

1922，米索

致奥尔弗斯的十四行诗（选译）

上卷第 9 首《奥尔弗斯》[①]

只有谁在阴影内

也曾奏起琴声，

他才能以感应

传送无穷的赞美。

只有谁曾伴着死者

尝过他们的罂粟，

那最微妙的音素

他再也不会失落。

[①] 此诗选自《致奥尔弗斯的十四行诗》上卷第 9 首，首次发表于 1936 年 12 月《新诗》第 1 卷第 3 期 "里尔克逝世十周年特辑" 中，后与选自上卷第 19 首的《纵使这世界转变……》一同收入 1980 年 10 月版《外国现代派作品选》第 1 册（上）和《冯至全集》第 9 卷。后面上卷第 17 首及以下 7 首，则以《致奥尔弗斯的十四行诗》（选译）为题发表于 1992 年第 1 期《世界文学》，每首诗都没有加标题，但译者在每首诗之后都加了一段阐释。现将《奥尔弗斯》和《纵使这世界转变……》这两首也编入《致奥尔弗斯的十四行诗》（选译），但由于这两首与后面 8 首的体例不一致，所以排在后面 8 首之前，以使两者保持相对完整。——编者注

奥尔弗斯（Orpheus）是古希腊传说中的歌手，他的歌唱和琴声能感化木石禽兽。阴间的女神也被他的音乐感动，允许他死去的妻子重返人世，但约定在回到人世的途中，奥尔弗斯不许回顾他的妻子。奥尔弗斯没有遵守诺言，半路上回头看了看他的妻子，因此他的妻子被护送他们的使者又带到阴间去了。

倒影在池塘里
也许常模糊不清：
记住这形象。

在阴阳交错的境域
有些声音才能
永久而和畅。

1922，米索

上卷第 19 首《纵使这世界转变……》

纵使这世界转变
云体一般地迅速，
一切完成的事件
归根都回到太古。

超乎转变和前进之上，
你歌曲前的乐音
更广阔更自由地飘扬，
神弹他的琴。

145

苦难没有认清，

爱也没有学成，

远远在死乡的事物

没有揭开了面幕。

唯有大地上的歌声

在颂扬，在庆祝。

1922，米索

上卷第17首①

最底层的始祖，模糊难辨，

那筑造一切的根源，

他们从来没有看见

地下隐藏的源泉。

---

① 这一首及以下7首发表在《世界文学》1992年第1期，后编入《冯至全集》第9卷。每首诗后面的解释系译者所加。——编者注

在欧洲，一个家族的世系常用树形标志，称为世系树。始祖是最下层的树根，繁衍的子孙是树干上生长的枝条。作者用这个图像，表示他对于一个家族演变的看法。始祖年代久远，无从查考。他的后代有战士，有猎夫，老人留下经验之谈，同族间也常发生纷争，妇女则像是琵琶，弹奏时发出悦耳的声音。子孙后代像错综交叉的枝条，互相牵制，不得自由发展。但是有一枝不断向上伸长，最后自身编成一座古琴。"古琴"象征文艺，"古琴"原文为Leier，这个词在诗集中经常出现，它是奥尔弗斯使用的乐器。

冲锋钢盔和猎人的号角，
白发老人的格言，
男人们兄弟交恶，
妇女像琵琶轻弹……

树枝与树枝交错，
没有一枝自由伸长……
有一枝！啊，向上……向上……

但它们还在弯折。
这高枝却在树顶上
弯曲成古琴一座。

上卷第 20 首①

主啊，你说，我用什么向你奉献，
你教导万物善于听取？——

---

① 作者在诗里呼唤的"主"，不是基督教的上帝，而是用歌声琴声感动禽兽木石、超越生死界限的奥尔弗斯。这首诗主要是一匹马的奔腾给作者留下的永不磨灭的印象。里尔克曾于 1900 年 5 月至 8 月偕同露·沙罗美（Lou salomé）第二次访问俄国。他在 1922 年 2 月 11 日写给露·沙罗美的信里说："……那匹马，你知道，那自由的、幸福的马，脚上戴着木桩，有一次在傍晚伏尔加草原上飞跑着向我们跳来——我怎样把它当作给奥尔弗斯的一件 Exvoto（供品）！——什么是时间？——什么时候是现在？过了这么多年它向我跳来，以它全身的幸福投入广阔无边的感觉。"从信里可以看出，作者写这首诗时还真实地感到二十多年前那匹白马在旷野上的奔驰。原诗没有遵守十四行的限制，多了半行，译诗也按照了原诗的形式。

一个晚间,在俄国——骏马一匹……

这白马独自从村里跑来,

前蹄的上端绑着木桩,

为了夜里在草原上独自存在;

它拳曲的鬣毛在脖颈上

怎样拍击着纵情的节拍,

它被木桩拖绊着奔驰,

骏马的血泉怎样喷射!

它感到旷远,这当然!

它唱,它听,——你的全部传奇

都包括在它的身内。

它这图像,我奉献。

上卷第 21 首[①]

春天回来了。大地

[①] 作者原注:"这首短小的春歌我可以说是对于一段奇特的舞蹈音乐的解释,这是我在郎达(西班牙南部)一座小的修女堂里早晨做弥撒时从修道院学童那里听到的。学童们总是按照舞蹈的节拍手持三角铁和铃鼓唱着我不懂得的歌曲。"(里尔克曾于 1912 年 12 月至次年 2 月旅居郎达。)

这首诗里把春天回来后的大地比作一个勤学的女孩,她在学校里辛苦的学习正如大地经历了冬天。最后两行的根和干,语义双关,既指经冬的树根和树干,也指枯燥的语法书中的词根和词干。

像个女孩读过许多诗篇;
许多,啊许多……她得到奖励
为了长期学习的辛酸。

她的教师严厉。我们曾喜欢
那老人胡须上的白花。
如今,什么叫绿,什么叫蓝,
我们问:她能,她能回答!

地有了自由,你幸福的大地,
就跟孩子们游戏。我们要捉你,
快乐的大地。最快活的孩子胜利。

啊,教师教给她多种多样,
在根和长期困苦的干上
刻印着的:她唱,她歌唱!

下卷第 4 首[①]

这是那个兽，它不曾有过，
他们不知道它，却总是爱——
爱它的行动，它的姿态，它的长脖，
直到那寂静的目光的光彩。

它诚然不存在。却因为爱它，就成为
一个纯净的兽。他们把空间永远抛掉。
可是在那透明、节省下来的空间内
它轻轻地抬起头，它几乎不需要

存在。他们饲养它不用谷粒，
只永远用它存在的可能。
这可能给这兽如此大的强力，

致使它有一只角生在它的额顶。

[①] 独角兽在欧洲的传说中，有如中国的麒麟。麒麟象征祥瑞，独角兽象征少女的贞洁。作者原注："独角兽有古老的、在中世纪不断被赞颂的少女贞洁的含义：所以被认为，这个不存在者对于人世间只要它出现，就照映在少女给它举着的银镜中（见十五世纪的壁毯）和少女的身内，这作为一面第二个同样净洁、同样神秘的镜子。"这里所说的"十五世纪的壁毯"系指法国克吕尼博物馆陈列的六幅壁毯，总题《少女与独角兽》，里尔克对此很感兴趣，在他的长篇小说《马尔特·劳利兹·布里格随笔》里作过细致的描述。

它全身洁白向一个少女走来——
照映在银镜里和她的胸怀。

下卷第 6 首①

玫瑰，你端居首位，对于古人
你是个周缘单薄的花萼。
对于我们你的生存无穷无尽，
却是丰满多瓣的花朵。

你富有，你好像重重衣裳，
裹着一个身体只是裹着光；
你的各个花瓣同时在躲
在摒弃每件的衣裳。

你的芳香几世纪以来
给我们唤来最甜的名称；
忽然它像是荣誉停在天空。

---

① 玫瑰在里尔克的创作里占有重要地位，他认为玫瑰是花中最高贵的。可是在古代玫瑰单薄朴素，作者原注："古代的玫瑰是一种简单的 Eglantine（野玫瑰），红的和黄的，像在火焰中的颜色。在瓦利斯这里它开花在个别的花园内。"

诗的第二节写玫瑰自身含有矛盾：多层的花瓣既像重重衣裳，又像是拒绝衣裳，因为花瓣也属于花的身体。里尔克的诗里常常阐述与之相类似的矛盾。

最后两节认为最美的事物如玫瑰的芳香难以命名，像是荣誉在空中不可言传。这不禁使人想起莎士比亚《柔蜜欧与幽丽叶》（曹禺译）第二幕第二景中的名句："姓名又算什么？我们叫做玫瑰的，不叫它玫瑰，闻着不也一样的甜吗？"

可是，我们不会称呼它，我们猜……
我们从可以呼唤来的时间
求得回忆，回忆转到它的身边。

下卷第 8 首

你们少数往日童年的游伴
在城市内散在各地的公园：
我们怎样遇合，又羞涩地情投意满，
像羊身上说话的纸片。

我们沉默交谈。我们若有一次喜欢，
这喜欢属于谁？是谁的所有？
它怎样消逝在过往行人的中间，
消逝在长年的害怕担忧。

车辆驶过我们周围，漠不关情，
房屋坚固地围绕我们，却是幻境，
什么也不认识我们，万物中什么是真实？

没有。只有球。它们壮丽的弧形。
也不是儿童……但有时走来一个儿童，

啊，他在正在降落的球下消逝。

——怀念艾贡·封·里尔克①

下卷第19首②

黄金住在任何一处骄纵的银行里，
它跟千万人交往亲密。可是那个
盲目的乞丐，甚至对于十分的铜币
都像失落的地方，像柜下尘封的角落。

在沿街的商店金钱像是在家里，
它用丝绸、石竹花、毛皮乔装打扮。
金钱醒着或是睡着都在呼吸，
他，沉默者，却站在呼吸间歇的瞬间。

啊，这永远张开的手，怎能在夜里合攥。

---

① 艾贡·封·里尔克（Egon von Rilke，1873—1880）是里尔克的堂兄，童年夭折，里尔克常常思念他。作者在这首诗里写他童年时的经验。游戏的伴侣们互相遇合，相对无言，但都感到高兴，外界的事物对他们都是生疏的，好像与他们无关。只有他们游戏时抛掷的球是真实的，形成弧形，而他们中间的一个在球正在降落时消逝了。

关于第一节第四行中"说话的纸片"，作者原注解释："羊（在绘画上）只借助于铭语带说话。"中世纪的绘画在人物或生物旁常附有文字说明称为铭语带。

② 贫穷与困苦，在里尔克的诗歌和散文里常常读到。在《祈祷书》《图像书》《马尔特·劳利兹·布里格随笔》以及后期某些作品中有些篇章和段落不仅描述而且有时还赞颂贫苦。里尔克观看他那时代的社会，金钱统治一切，产生许多罪恶，因而对于贫穷和困苦有些圣洁之感。所以他说，歌唱者能为贫困代言，有神性的人能听到歌唱。

明天命运又来找它，天天让它伸出：
明亮，困苦，无穷无尽地承受摧残。

一个旁观者却最后惊讶地理解还称赞
它长久地持续。只是歌唱者能陈述。
只是神性者能听见。

下卷第 25 首[①]

听，你已经听到最初的耙子
在工作；早春强硬的地上
在屏息无声的寂静里
又有人的节拍。你好像从未品尝

即将到来的时日。那如此常常
已经来过的如今又回来，又像是
新鲜的事物。永远在盼望，
你从来拿不到它。它却拿到了你。
甚至经冬橡树的枯叶
傍晚显出一种未来的褐色。

---

① 这首诗直接描述作者在初春时的感受。春天每年都会来的，但是每次春天的到来，人们都觉得新鲜，好像过去不曾来过。橡树的树叶没有完全凋落，但已有褐色的嫩芽。这里以及第四节的前两行都是用颜色形容初春的景色。最后一行的"时辰"是比拟为一个女性，她走过去，不是变老，而是变得更年轻。

作者原注：这首诗是"上卷第 21 首学童们短小的春歌的对歌"。

微风时常传送一个信号。

灌木丛发黑。可是成堆的肥料
堆积在洼地上是更饱满的黑色。
每个时辰走过去,变得更年少。

歌德诗选

普罗米修士①

宙斯②,你用云雾
蒙盖你的天空吧,
你像割蓟草的儿童一般,
在栎树和山顶上
施展伎俩吧!
可是你不要管
我的大地,
我的茅屋,这不是你盖的,
不要管我的炉灶,

---

① 此诗据1957年《译文》第3期原载编入。——原编者注
希腊神话里的英雄,从天上把火送给人间,因此获罪被天神囚系在高加索山上;他体现着人的创造力和反抗精神。歌德在狂飙突进时期曾取材普罗米修士的传说写一剧本,但未完成,这首诗是这未完成的剧本里的一段独白。全诗除第四节外,所有的第二人称指的都是天神。(普罗米修士,现在通译为"普罗米修斯"。——编注)
② 希腊群神中最高的统治者。

为了它的烈火
你嫉妒我。

群神,目光下我没有见过
比你们更贫穷的!
你们用祭品,
用祈祷的气息
贫乏地营养着
你们的尊严,
若不是儿童们和乞丐
是些满怀希望的傻子,
你们就会饿死。

当我是个儿童时,
不知道怎样应付,
我把我迷乱的目光
转向太阳,好像那里
有个耳朵听我的怨诉,
有个心和我的一样
怜悯被压迫者。

那时谁帮助我

抵抗狄坦①们的傲慢？

谁把我从死亡里，

从奴役里救出？

圣洁的火热的心，

不是你自己完成了这一切吗？

可是你，受了蒙骗，

年轻而善良地

向那上边的睡眠者

热烈表示过救命的感谢！

宙斯，要我尊敬你？为什么？

你可减轻了

任何重担者的痛苦？

你可遏止了

任何受威吓者的眼泪？

把我锻炼成人的

不是全能的时代

和永恒的命运吗？

它们是我的也是你的主人！

---

① 希腊神话中最早的神族，曾与宙斯对抗。（狄坦，现在通译为"提坦"。——编注）

你在妄想吗,
只因为不是
一切青春的梦都能实现,
我就应该憎恨人生,
逃入沙漠?

我坐在这里制造人,
按照我的形象,
这个族类跟我一样,
去受苦,去哭泣,
去享受,去欢乐,
并且看不起你,
跟我一样!

1774 年秋

迷娘之歌[①]

你认识吧,那柠檬盛开的地方,
金橙在阴沉的叶里辉煌,

[①] 此诗为小说《维廉·麦斯特的学习时代》中迷娘所唱。——原编者注

一缕薰风①吹自蔚蓝的天空，
番石榴寂静，桂树亭亭——
你可认识那地方？
　　　　到那里，到那里！
啊，我的爱人，我要和你同去！

你认识吗，那白石为柱的楼阁，
广厦辉耀，洞房里灯光闪烁，
大理石向着我凝视：
可怜的孩子，人们怎样欺侮了你？——
你可认识那楼阁？
　　　　到那里，到那里！
啊，我的恩人，我要和你同去！

你认识吗，那座山和它的云栈？
骡儿在雾中寻它的路线，
洞穴中伏藏着蛟龙的苗裔，
岩石欲坠，潮水打着岩石——
你可认识那座山？
　　　　到那里！到那里
是我们的途程，啊父亲，让我们同去！

---

① 原文如此，现写作"薰风"。

让我这样打扮,直到死亡……[1]

让我这样打扮,直到死亡,
不要脱去我的白衣裳!
我来自美好的大地,
奔向那永世的家乡。

那里我享受片刻的静寂,
明朗的眼便立即睁开;
我留下净洁的外衣,
连同花环和腰带。

那些天上的群神,
他们不问是男是女,
也不用衣服与褶裙,
裹着净化了的身体。

我一生虽然无忧无虑,
可是尝够了痛苦深沉,

---

[1] 此诗为小说《维廉·麦斯特的学习时代》中迷娘所唱,此前她曾化装成天使,给孩子们分送小礼物。——原编者注

痛苦使我老得太早——

再让我永葆青春!

格言诗二十六首[①]

1

一小时有六十分钟,

一昼夜超过了一千。

小孩子!要有这个认识,

人能有多么多的贡献。

2

我的产业是这样美,这样广,这样宽,

时间是我的财产,我的田地是时间。

3

你的昨天若是明朗而坦然,

你今天工作就自由而有力,

[①] 这二十六首格言诗曾在1947年2月1日的《益世报》上发表。1978年11月19日写的《歌德的格言诗》和1985年4月写的《"论歌德"的回顾、说明与补充〈代序〉》中共引用格言诗十六首,其中十首是对旧译的修改,六首(第一、三、七、十、十一、十五)是新译。上述两文皆收入《论歌德》一书,这里的前十六首皆据此编入;后十首据《益世报》原载编入。——原编者注

也能够希望有一个明天，
明天能取得不更少的成绩。

4

急躁没有用，
后悔更没用；
急躁增加罪过，
后悔给你新罪过。

5

你若要为你的意义而欢喜，
就必须给这个世界以意义。

6

世界上事事都可以担受得起，
除却接连不断的美好的时日。

7

你若要为全体而欢喜，
就必须在最小处见到全体。

8

谁若游戏人生，

他就一事无成；

谁不能主宰自己，

永远是一个奴隶。

9

像是星辰，

不匆忙，

也不停息，

每个都围转着

自己的重担。

10

对于我没有更大的苦闷，

甚于在天堂里独自一人。

11

你若要迈入无限，

就只在有限中走向各方面。

12

什么是一个乡愿？

是一个空肠，

填满了恐惧和希望。

上帝见怜!

13

一个老人永远是个李耳王①——
凡是手携手共同工作的、争执的,
久已不知去向,
凡是和你一起爱过的、苦恼的,
已依附在其他的地方;
青年在这里自有天地,
这是愚蠢的,若是你向往:
来吧,跟我一块儿老去。

14

"你说,你怎么如此泰然地担当
那些粗暴的青年的狂妄?"
诚然,他们会是不堪忍受的,
若不是我也曾经是不堪忍受的。

15

病的东西我不要品尝,

---

① 原文如此。"李耳王"现在写作"李尔王"。——编注

作家们首先要恢复健康。

16　给合众国

美利坚，你比我们的
旧大陆要幸福；
你没有颓毁的宫殿，
没有玄武岩。
无用的回忆，
徒然的争执，
不在内部搅扰你，
在这生气蓬勃的时代。

幸福地运用现在！
若是你们的子孙从事文艺，
一个好的命运维护他们
不去写骑士、强盗、鬼魂的故事。

17

我愿意把热情
比做牡蛎，亲爱的先生，
如果你们不在新鲜时吃
它就实在是一份坏菜。

兴奋不是罐头青鱼,
人们把它装起来保存几载。

18

尽你可能,负担你的灾殃,
莫向任何人抱怨你的噩运①;
当你向朋友抱怨"一件"不幸,
他立即还给你"一打"不幸。

19

最伟大的,人们不愿达到,
人们只嫉妒他们的同类;
这是世界上最坏的嫉妒者,
他把每个人都看作他的同类。

20

常春藤和一个温柔的心
它们盘绕,生叶而开花,
若是得不到树干和墙壁,
就必定腐败,必定死亡。

---

① 原文如此。"噩运"现在通常写作"厄运"。——编注

21

我若是愚蠢，他们都承认我，
我若有道理，他们就要骂我。

22

这样的人大半是命途多舛，
他把他能够做的放在一边，
大胆去做他所不了解的事项；
这并不奇怪，他自蹈灭亡。

23

你若要建造一个美好的生活，
就必须不为了过去而惆怅，
纵使你有一些东西失落。
你必须永久和新降生一样；
你应该问，每天要的是什么，
每天要什么，它会告诉你说；
必须为自己的工作欢喜，
你也将要尊重他人的成绩；
特别是不要憎恨人，
把其余的都委托给神。

24

在晚间我拍死了一千个苍蝇,
在黎明却有一个把我搅醒。

25

无聊是一种恶草,
却也是助消化的香料。

26

编一个花圈比为它找一个
适合的头要容易得多。

海涅诗选

乘着歌声的翅膀……

乘着歌声的翅膀,
心爱的人,我带你飞翔,
向着恒河的原野,
那里有最美的地方。

一座红花盛开的花园,
笼罩着寂静的月光;
莲花在那儿等待
它那知心的姑娘。

紫罗兰轻笑调情,
抬头向星星仰望;
玫瑰花把芬芳的童话
偷偷地在耳边谈讲。

跳过来暗地里倾听
是善良聪颖的羚羊；
在远远的地方喧腾着
圣洁河水的波浪。

我们要在那里躺下，
在那棕榈树的下边，
啜饮爱情和寂静，
沉入幸福的梦幻。

我的心，你不要忧悒……

我的心，你不要忧悒，
把你的命运担起。
冬天从这里夺去的，
新春会交还给你。

有多少事物为你留存，
这世界还是多么美丽！
凡是你所喜爱的，
我的心，你都可以去爱！

宣 告[①]

暮色朦胧地走近,
潮水变得更狂暴,
我坐在岸旁观看
波浪的雪白的舞蹈,
我的心像大海一样膨胀,
一种深沉的乡愁使我想望你,
你美好的肖像,
到处萦绕着我,
到处呼唤着我,
它无处不在,
在风声里,在海的呼啸里,
在我的胸怀的叹息里。

我用轻细的芦管写在沙滩上:
"阿格内丝,我爱你!"
但可恶的波浪
打在这甜美的自白上,
把它消灭。

[①] 此首选自《北海集》(1825—1826)。——原编者注

折断的芦管、冲散的沙粒、

泛滥的波浪,我再也不信任你们!

天色更暗,我的心更热狂,

我用强大的手,从挪威的树林里,

拔下最高的枞树,

把它插入爱特纳①的火山口,

用这样蘸着烈火的笔头

写在黑暗的天顶:

"阿格内丝,我爱你!"

从此这永不消灭的火字

每夜都在那上边燃烧,

所有的后代子孙

都欢呼着读这天上的字句:

"阿格内丝,我爱你!"

变　质

自然也变坏了吗,

它接受了人的缺陷?

---

① 爱特纳(Ātna)是欧洲最大的火山,在西西里岛上。(Ātna,现在通译为"埃特纳",是欧洲最高活火山。——编注)

我觉得，植物和动物
如今都像人那样欺骗。

我不相信百合花的纯洁，
蝴蝶儿在和她调戏，
这花衣的浪子吻她，
最后带着她的天真飞去。

我也不认为紫罗兰
这朵小花有多少谦虚，
她用妩媚的香气引诱人，
她暗地里渴望着荣誉。

我也怀疑那只夜莺，
她唱的是不是她的实感；
她夸张、啼泣、发出颤音，
我觉得，只由于她的老练。

真理从地上消失，
忠诚也无影无踪。
狗还是摇尾放出臭味
和往日一样，可是再也不忠诚。

西利西亚的纺织工人①

忧郁的眼里没有眼泪,
他们坐在织机旁,咬牙切齿:
"德意志,我们在织你的尸布,
我们织进去三重的诅咒——
　　我们织,我们织!

"一重诅咒给那个上帝,
饥寒交迫时我们向他求祈;
我们希望和期待都是徒然,
他对我们只是愚弄和欺骗——
　　我们织,我们织!

"一重诅咒给阔人们的国王,
我们的苦难不能感动他的心肠,
他榨取我们最后的一个钱币,
还把我们像狗一样枪毙——
　　我们织,我们织!

---

① 1844年,西利西亚(Schlesien)地方的纺织工人不堪剥削者的压迫,进行反抗,是德国早期工人运动中的大事件。海涅此诗就是为声援这次运动而写的。(Schlesien,现在通译为"西里西亚"。——编注)

"一重诅咒给虚假的祖国,
这里只繁荣着耻辱和罪恶,
这里花朵未开就遭到摧折,
腐尸和粪土养着蛆虫生活——
　　我们织,我们织!

"梭子在飞,织机在响,
我们织布,日夜匆忙——
老德意志,我们在织你的尸布,
我们织进去三重的诅咒,
　　我们织,我们织!"

1844 年

尼采诗选

秋

这是秋天：——它还憔悴你的心！
飞走吧！飞走吧！
太阳挨上山
攀登又攀登
一步一休息。

宇宙怎么这样凋零！
在疲乏紧张的弦上
风唱着它的歌。
希望消亡——
风在哀悼。

这是秋天：它——还憔悴你的心！
飞走吧！飞走吧！——

啊，树上的果实，
你战栗，凋落？
夜教给你

怎样一个秘密，
冰冷的战悚铺上了
你绯红的面颊？——

你静默，不回答？
谁还说话？

这是秋天：——它还憔悴你的心！
飞走吧！飞走吧！——
"我并不美丽"
——野菊这样说——
"可是我爱人间
我安慰人间——
他们现在还该看看花，
向我弯下腰，
啊！折下我——
在他们眼中
又闪烁着回忆，

回忆比我更美丽的；
——我看见了，看见了，——就这样死去！"——

这是秋天：它——还憔悴你的心！
飞走吧！飞走吧！

星辰道德

在星的轨道上定下前缘，
星辰啊，黑暗与你何干？

幸福地绕去，穿过这时代！
它的哀苦离你生疏而辽远！

你的光属于最远的世界！
同情对于你应该是罪孽！

只一句诚言与你相宜：要清洁！

【 名家诗歌典藏 】